AtV

Sommer pur: Storm erinnert sich an einen längst vergangenen Junimorgen, Fontane an eine heiße Mittagsstunde, Keller an Ernte und Gewitter, Eichendorff und Liliencron an warme, geheimnisvolle Nächte. Ludwig Uhland hat eine freche Bauernregel parat, und Georg Trakl unternimmt einen melancholischen Gang durch den dämmernden Sommer. Klaus Seehafer, vielbelesen und immer Neues entdeckend, ist ein Meister der Auswahl und Anordnung. Zwischen Aufbruch und Ausklang gruppiert er die Gedichte thematisch nach Tageszeiten, Begebenheiten und Erinnerungen, Gewitter und Regen, Feld und Ernte. Es gibt einen Sommer der Liebe und einen Sommer des Lebens. Vor allem aber gibt es einen Reichtum an sprachlichen Formen und lyrischen Strukturen, geschaffen von Dichterinnen und Dichtern des 16. bis 21. Jahrhunderts.

KLAUS SEEHAFER, 1947 in Alsfeld/Hessen geboren, ist seit 1976 Leiter der Stadtbibliothek in Diepholz/Niedersachsen. Breite Resonanz fand er als Autor einer Goethe-Biographie, die 1998 im Aufbau-Verlag erschienen ist (Mein Leben ein einzig Abenteuer), und als vielseitiger Lyrik-Herausgeber: Wenn ich durch Wald und Fluren geh. Deutsche Naturgedichte der Klassik und Romantik (2000); Ich wandle unter Blumen. Die schönsten Gartengedichte (2000); Morgen, Kinder, wird's was geben. Gedichte zur Weihnachtszeit (2001). In Zusammenarbeit mit den Bremer Fotografen Cordula Hamann und Uwe Mädger gab Klaus Seehafer den Band »Im Laub ein leis Geflüster. Romantische Gartenlust« (2001) heraus.

Des Himmels heitere Bläue

Die schönsten Sommergedichte

Herausgegeben von Klaus Seehafer

Aufbau Taschenbuch Verlag

ISBN 3-7466-1866-5

1. Auflage 2002

Umschlaggestaltung Torsten Lemme
unter Verwendung eines Fotos von MEV Verlag
Druck Elsnerdruck GmbH, Berlin
Printed in Germany

www.aufbau-taschenbuch.de

Auch wenn sie schon (oder noch)
viele der Gedichte auswendig kann:

für meine Schwiegermutter
Käthe Petersohn

INHALT

An einem Sommermorgen / Da nimm den Wanderstab
AUFBRUCH UND FREIE ZEIT

Kein Wölkchen rings am Horizont
HEISSE, ENDLOSE TAGE

Wenn kühl der Sommermorgen graut
TAGESZEITEN

Ich stand auf Berges Halde / Als heim die Sonne ging
ABENDS UND NACHTS

Dann kamen Schwimmer, die im Fluß / Hintrieben
BEGEBENHEITEN UND ERINNERUNGEN

Zu ihrem Munde beugt ich mich hernieder
SOMMER DER LIEBE

Nichts bleibt, mein Herz. Und alles ist von Dauer
SOMMER DES LEBENS

Geh aus, mein Herz, und suche Freud
DER SOMMER DES HERRN

Das Wetter prallt ins offne Land
GEWITTER UND REGEN

Es wallt das Korn weit in die Runde
Feld und Ernte

Ich sehe dich das Fenster schließen
Zwischen Nicht-mehr Sommer und Noch-nicht-Herbst

An einem Sommermorgen
Da nimm den Wanderstab

Aufbruch und freie Zeit

Guter Rat

An einem Sommermorgen
Da nimm den Wanderstab,
Es fallen deine Sorgen
Wie Nebel von dir ab.

Des Himmels heitere Bläue
Lacht dir ins Herz hinein,
Und schließt, wie Gottes Treue,
Mit seinem Dach dich ein.

Rings Blüten nur und Triebe
Und Halme von Segen schwer,
Dir ist, als zöge die Liebe
Des Weges nebenher.

So heimisch alles klinget
Als wie im Vaterhaus,
Und über die Lerchen schwinget
Die Seele sich hinaus.

Theodor Fontane

Wanderlied

Wohlauf, die Luft geht frisch und rein,
Wer lange sitzt, muß rosten;
Den allersonnigsten Sonnenschein
Läßt uns der Himmel kosten.
Jetzt reicht mir Stab und Ordenskleid
Der fahrenden Scholaren,
Ich will zu guter Sommerzeit
Ins Land der Franken fahren!

Der Wald steht grün, die Jagd geht gut,
Schwer ist das Korn geraten!
Sie können auf des Maines Flut
Die Schiffe kaum verladen.
Bald hebt sich auch das Herbsten an,
Die Kelter harrt des Weines;
Der Winzer Schutzherr Kilian
Beschert uns etwas Feines.

Wallfahrer ziehen durch das Tal
Mit fliehenden Standarten,
Hell grüßt ihr doppelter Choral
Den weiten Gottesgarten.
Wie gerne wär' ich mitgewallt,
Ihr Pfarr' wollt mich nicht haben!
So muß ich seitwärts durch den Wald
Als räudig Schäflein traben.

Zum heiligen Veit von Staffelstein
Komm' ich emporgestiegen
Und seh' die Lande um den Main
Zu meinen Füßen liegen:

Vom Bamberg bis zum Grabfeldgau
Umrahmen Berg' und Hügel
Die breite, stromdurchglänzte Au –
Ich wollt', mir wüchsen Flügel.

Einsiedelmann ist nicht zu Haus,
Dieweil es Zeit zu mähen;
Ich seh' ihn an der Halde draus
Bei einer Schnittrin stehen.
Verfahrner Schüler Stoßgebet
Heißt: »Herr, gib uns zu trinken!«
Doch wer bei schöner Schnittrin steht,
Dem mag man lange winken.

Einsiedel, das war mißgetan,
Daß du dich hubst von hinnen!
Es liegt, ich seh's dem Keller an,
Ein guter Jahrgang drinnen.
Hoiho! die Pforten brech' ich ein
Und trinke, was ich finde ...
Du heiliger Veit von Staffelstein,
Verzeih' mir Durst und Sünde!

Joseph Victor von Scheffel

Auf dem See

Und frische Nahrung, neues Blut
Saug ich aus freier Welt;
Wie ist Natur so hold und gut,
Die mich am Busen hält!
Die Welle wieget unsern Kahn
Im Rudertakt hinauf,
Und Berge, wolkig himmelan,
Begegnen unserm Lauf.

Aug, mein Aug, was sinkst du nieder?
Goldne Träume, kommt ihr wieder?
Weg, du Traum! so gold du bist;
Hier auch Lieb und Leben ist.

Auf der Welle blinken
Tausend schwebende Sterne
Weiche Nebel trinken
Rings die türmende Ferne;
Morgenwind umflügelt
Die beschattete Bucht,
Und im See bespiegelt
Sich die reifende Frucht.

Johann Wolfgang Goethe

Im Sommer

In Sommerbäder
Reist jetzt ein jeder
  Und lebt famos.
Der arme Dokter,
Zu Hause hockt er
  Patientenlos.

Von Winterszenen,
Von schrecklich schönen,
  Träumt sein Gemüt,
Wenn, Dank ihr Götter,
Bei Hundewetter
  Sein Weizen blüht.

Wilhelm Busch

Sommerfrischler

Leute wandeln schweigend durch die Stille
Der Verschönerungsvereinsidylle,
Die auf imitierten Birkenbänken
Sich mit Andacht in die Landschaft senken.

Leute, die, verkrümelt in Gehölzen,
Mit Natur und Gott zusammenschmelzen,
Abgewandt polit'schen Hypothesen,
Und die Föjetongs von gestern lesen.

Leute, die auf grünen Liegeplätzen
Die Verdauung unter Vollmilch setzen,
Die ihr Innres biochemisch pökeln
Und was Warmes für den Winter häkeln.

Leute, die elegisch an Gedanken
Ungelöster Silbenrätsel kranken,
Die sich an Ruinen ganze Haufen
Kolorierter Ansichtskarten kaufen.

Leute, die geräuschvoll in den obern
Waldregionen den Ozon beschnobern,
Die Gedichte oder Initialen
Voll Gefühl an jeden Lokus malen.

Leute, hingewälzt im Sommerabend,
Die Beamtenweste offen habend,
Leute, die an schroffen Wasserfällen
Freundliche Familiengruppen stellen.

O Naturfreund, flieh in alle Öden!
Hüte dich, die Leute anzureden!
Denn sie haben außer dem Genießen
Den immensen Drang, sich anzuschließen.

Erich Weinert

Sommersonntag am Wannsee

Früh um sechs ist die Gegend noch unbesiedelt;
Nur der Geist eines Fagottes schwebt über den Wassern.
Das ist der Minnegesangverein, der sich durchs Dasein
  fiedelt
An Hand von mittelhochdeutschen Verfassern.
Um sieben kommt der erste Ozeandampfer
Mit Familien, Herrenpartien und Photographen.
Es riecht nach kleinen Kindern und Kampfer.
Die Herrenpartien bleiben gleich im Hafen,
Brautpaare bevorzugen dornichte Pfade,
Und Familien lächelnde Seegestade.
Langsam füllen sich die verschwiegensten Lücken.
Die Gegend belebt sich mit Eierschalen und Pullen.
Die Herrenpartie nimmt Kognak im Kampf gegen die
  Mücken,
Die Familien beschäftigen sich mit Butterstullen.
Ein Embryo hat das Seearoma versaut;
Deshalb werden, von mancherlei Flüchen begleitet,
Die Krale zwanzig Meter weiter neu aufgebaut,
Wo man sich mit anderen um den Platz an der Sonne
  streitet.
Es bleibt bei diesen Nomadenzügen
Überall eine Menge Kulturschutt liegen.
Um Mittag nun wird dann Friede auf Erden.
Man hört nur noch leichte Verdauungsbeschwerden.
Alles schläft, einsam wacht nur die Herrenpartie
Hoch oben auf der Weißbierveranda
Und macht laut und deutlich seit morgens früh
Für ihren Dauerskat Propaganda.
Nachmittags kommt dann der übliche Segen von oben.
Die Familien- und Ziehharmonikavereine

Sind im Nu in alle Gebüsche zerstoben.
Ganze Völkerstämme werden ineinandergeschoben;
Und schließlich sieht man nur noch die Beine.
Gegend Abend rum wird dann der Himmel bläulich.
Überall zeigen sich ausgegangene Locken.
Der Anblick ist nicht besonders erfreulich.
Auch das Innenleben ist nicht mehr ganz trocken.
Am Gestade trocknen Jacketts und Strümpfe,
Auf der Veranda gibt es Krach um die Trümpfe.
Eine Familie erklärt der andern den Kriegszustand
Wegen Durchmarschs durch ihre Hoheitsgebiete.
Die Kinder insultieren sich mit Sand
Und treten auf Stullenpakete und Damenhüte.
Zwei Väter gehn auf Mensur in Badehosen,
Mit Verbalinjurien und leeren Konservendosen.
Ein Kognak schlichtet endlich den schweren Konflikt.
Auf beiden Seiten werden durchnäßte Stullen verdrückt.
Der Abendhimmel changiert langsam ins Gelbe.
Ein Mandolinenklub spielt in zwei Tonarten dasselbe.
Inzwischen packt man die feuchten Mobilien ein.
Alles drängt jetzt an Bord der Trans-Wansea-Line.
Bald wogt der Busen der Natur wieder in guter Ruh.
Nur von der Veranda flüstert's noch immerzu:
Achtzehn, zwanzig. Passe! Herzen à tout!

Erich Weinert

Am Schwielowsee

Hier kann ich wagen, Elefant zu sein,
kann meine weißen Häute ruhig zeigen.
Hier lege ich mich in den See hinein,
kann etwas blinzeln und kann lange schweigen.

Hier kann ich stumm auf meinem Rücken liegen,
kann leise singen, was ich selber mag.
Hier kann ich mich nach meinen Takten wiegen
und kann die Nacht erwarten wie den Tag.

Hier bin ich unter Leuten fast allein
und rieche wieder Bäume, Gras und Erde.
Hier kann ich wagen, Elefant zu sein,
um abzuwarten, ob ich menschlich werde.

Heinz Kahlau

Vormittag am Strand

Es war ein solcher Vormittag,
wo man die Fische singen hörte;
kein Lüftchen lief, kein Stimmchen störte,
kein Wellchen wölbte sich zum Schlag.

Nur sie, die Fische, brachen leis
der weit und breiten Stille Siegel
und sangen millionenweis
dicht unter dem durchsonnten Spiegel.

Christian Morgenstern

August in Bukarest

Unter einem Himmel blau und gelb
steht die Stadt von Sonne weißgebrannt.
Schattenlos gestellt ins glatte Land,
wie auf eine ausgestreckte Hand.

Wo der Himmel eine Glocke ist,
bis zum Rande angefüllt mit Licht.
Wo der Sonnenklöppel donnernd spricht
über dem erhobenen Gesicht.

Wo die Kirchen bunt und schweigsam sind,
wo die Straßen reden, breit und lang.
Wo die Märkte tönen wie Gesang,
wo der Regen fehlt mit seinem Klang.

Dort steh still und lausche mit der Haut,
weil das Ohr die Töne nicht mehr hört.
Lausche auf das Lied, das dir erklärt,
was die weiße Stadt das Wachsen lehrt.

Heinz Kahlau

Urlaub

Endlose Zeit bis dann
einer sagt: Halbzeit

Nun beginnt dieses
abends nicht mehr vom Strand wollen
die Veranda nicht vor Mitternacht verlassen
wie leise die Kinder in den Dünen spielen

Freundschaften entstehen jetzt
die hätte man sich gewünscht
gleich nach der Ankunft

Klaus Seehafer

Kein Wölkchen rings am Horizont

Heisse, endlose Tage

Sommerdürre

Noch immer bläst der trockne Ost:
Für Beet und Flur ein schlechter Trost! –
Kein Wölkchen rings am Horizont!
Lein, Gerst' und Wicken, heiß durchsonnt,
Stehn kläglich da, versengt und falb;
Und hungrig brüllen Kuh und Kalb.
Die Wasserkanne, voll und schwer,
Schleppt man im Garten hin und her,
Und gießt im Schweiß des Angesichts;
Doch Schweiß und Mühe fruchten nichts!
Die Schaf' erregen dicken Staub.
Zusammen schrumpfen Blüt' und Laub.
Die Rose darbt im Blumentopf;
Der Mohn im Garten hängt den Kopf.
Die Nelke stirbt am grünen Stab;
Und unreif fällt die Pflaum' herab.
Die Bienen tragen wenig Seim
Zum Honigkorb des Schauers heim.
Das Entlein lernt nicht schwimmen; denn
Am Dorf vertrocknen Pfuhl und Fenn.
Nur Käfer, Brems' und Raupenbrut
Gedeihen in der Sonnenglut. –
Nach Kühlung atmend, sitzen wir
Des Abends vor der Hüttentür.
Selbst was im Dorf nur lallen kann,
Ruft Gott um milden Regen an.

O möchte bald der Hofhahn kräh'n!
Die Mühle sich gen Abend dreh'n!
Im Birnenbaum der Laubfrosch schrei'n,
Und fernher zucken Wetterschein!

O Wonne! Wenn voll Hoffnung dann
Frohlockt der arme Ackersmann!
Wenn Pferd und Stier und Gans und Huhn
Und selbst die Würmchen fröhlich tun!
Und auf die liebe Erntezeit
Zum Voraus sich der Dröscher freu't!

Friedrich Wilhelm August Schmidt von Werneuchen

Sommer

Du gute Linde, schüttle dich!
Ein wenig Luft, ein schwacher West!
Wo nicht, dann schließe dein Gezweig
So recht, daß Blatt an Blatt sich preßt.

Kein Vogel zirpt, es bellt kein Hund;
Allein die bunte Fliegenbrut
Summt auf und nieder über'n Rain
Und läßt sich rösten in der Glut.

Sogar der Bäume dunkles Laub
Erscheint verdickt und atmet Staub.
Ich liege hier wie ausgedorrt
Und scheuche kaum die Mücken fort.

O Säntis, Säntis! läg' ich doch
Dort, – grad' an deinem Felsenjoch,
Wo sich die kalten, weißen Decken
So frisch und saftig drüben strecken,
Viel tausend blanker Tropfen Spiel;
Glücksel'ger Säntis, dir ist kühl!

Annette von Droste-Hülshoff

Juli

Klingt im Wind ein Wiegenlied,
Sonne warm herniedersieht,
Seine Ähren senkt das Korn,
Rote Beere schwillt am Dorn,
Schwer von Segen ist die Flur –
Junge Frau, was sinnst du nur?

Theodor Storm

Garten

Besänftigender Winde Schritte
Sind in der Hecke auf der Wacht,
Von Laurin, Herrn der Jahresmitte
Und Herrn der Rosen, angefacht.

Es ist, sie fegen aus dem Garten,
Mit sommerheiterer Geduld,
Was welther weht: soviel des Harten,
Soviel der Qual, soviel der Schuld.

Soviel der Unschuld nährt im Engen
Das Feuer, menschenunerweckt;
Es kann davon die Hand versengen,
Was eine halbe Hand bedeckt.

Verwunschen stille Selbstgefühle,
Kokardenblume, Bärenklau.
Verschollner Gram und Ahnungskühle,
Lavendelruch, Lavendelblau.

Gedanken viel im Eingedenken,
An Balsamquellen Schar bei Schar,
So spielen Sterne, Glocken, Ranken
Nach außen, was geist-innen war.

Entblättern Rosen mit dem Tage,
So scheinen sie alther zu schnein
Zu ihres bösen Königs Klage
Aus spitzem Dolomitgestein.

Oskar Loerke

Im Grase

Glocken und Zyanen,
Thymian und Mohn.
Ach, ein fernes Ahnen
hat das Herz davon.

Und im sanften Nachen
trägt es so dahin.
Zwischen Traum und Wachen
frag ich, wo ich bin.

Seh die Schiffe ziehen,
fühl den Wellenschlag,
weiße Wolken fliehen
durch den späten Tag –

Glocken und Zyanen,
Mohn und Tymian.
Himmlisch wehn die Fahnen
über grünem Plan:

Löwenzahn und Raden,
Klee und Rosmarin.
Lenk es, Gott, in Gnaden
nach der Heimat hin.

Das ist deine Stille.
Ja, ich hör dich schon.
Salbei und Kamille,
Thymian und Mohn,

und schon halb im Schlafen
– Mohn und Thymian –
landet sacht im Hafen
nun der Nachen an.

Josef Weinheber

Trollblume säumt und Schlangenwurz den Weg
Und Salamanderhaut des Knabenkrauts.
Der große Vogel löst sich schrillen Lauts
Vom grünen Wasser; leise knarrt der Steg.

Das Licht mit winzgen Zehen überläuft
Die harte Rispe, raschelt wie ein Tier
Befreit von Federn und des Pelzes Zier
Und unbedürftig. Doch die Felle häuft

Der Abend um den Tümpel und es sinnt
Der Hirte biblischer Erinnrung nach.
Er hält den Stab wie einst, doch lang zerbrach
Der süße Laut mit dem sein Lied beginnt.

Martha Saalfeld

Sommer-Nachmittag

Der brütendheiße Juli-Nachmittag
Hängt über meinem stillen Wiesenschlosse
Wie eine ungeheure Silberglocke,
Darin die Glut ihr Halleluja summt.

Vom Zinnenkranz des Dicken Turmes träume
Ich durch das schimmernde Gezweig der Weide
Weit weit hinaus ins grüne Pleißental.
Millionen Grillen schrillen in den Wiesen,
Und zu der feinen Geigen leisem Reigen
Tanzen Millionen Falter drüber her,
Getragen von dem Flimmerdunst der Luft,
Durch den des Pfarrholz weiße Birken schimmern,
Wie eine Whistlersche Vision der Ferne,
Fatamorganisch, wirklichkeiterlöst …

Ist's nicht ein Traum, der zaubrisch mich umfängt?

Durchs schieferstumpfe Schilf des Grabens raschelt
Es hier und dort, die Halme zucken kurz,
Und unermüdlich klingt des grauen Sängers
Einschläfernd »Kare kare kare kiek«
Zu mir herauf und lullt mich mählich ein.

Der Weide silbrig schimmerndes dünnes Laub
Spielt auf des Gartentisches Silbergrau,
Und blanke Silberlichter wirft das Wasser
Durch Schilf und Laub zur alten Mauer auf.
Ein großer Distelfalter taumelt her,
Setzt sich auf meinen Tisch und geht bedächtig
Mit schwarzen Füßen auf dem heißen Holze,

Bis er ein winziges Kristallchen Zucker
Vom Frühstück her entdeckt und daran lüstern
Mit langentrollter schwarzer Zunge saugt.
Von droben aus dem Mauerloch im Pallas,
Wo tiefversteckt die roten Falken horsten,
Klingt leis ein Murren, Knacken ...

Der Falter hebt sich plötzlich auf und schwebt
Mit seltnen Flügelschlägen durch die Weide,
Streift fast des Schilfes regungslose Kolben
Und taumelt übern grünen Wasserspiegel
Hin in das Blumenmeer der weiten Wiesen.

Ich folg ihm mit den Augen, doch die Hitze
Schießt mir die Lider ... Bienensummen rings
Und Grillengeigen und im Schilf des Sängers
Eintönig Liedchen »Kare kare kiek« ...

Börries von Münchhausen

Sommer

Hinter dieser Scheunenwand,
Hinter jenem Holzstoß muß er sein!
In der Dämmerung,
Wenn das Dunkel in den Büschen schwillt,
Da geht er wieder fort.

Durstig ist er,
Die Flüsse trinkt er halb leer,
Und die Weiher im Wald
Macht er zu Sümpfen,
Daß der Schleier der Mücken wallt,
Wenn der Lustschrei der Frösche schallt.

Die Eidechsen kennen ihn
Und fürchten ihn nicht,
Und die Kinder hören ihn
Lachen im Hag.

Wenn er am hohen Tag
Hebt sein weißes Gesicht
Aus dem Himbeerschlag,

Rennt der Hahn, krummspornig und blaugeschwänzt,
In den Brunnenschatten und schreit.

Des Rotlippigen Auge glänzt
Zornig
Über die Zeit.

Georg Britting

Sommergefühl

Kurzer Sommer, glühender, bleib! Dein Anhauch
Zwar verdrießt das ängstliche Gras. Das Korn doch
Liebt dich, der sich rötende Wein. Die Grille
Singt dir ein Loblied,

Und die Lerche, wenn sie ins Blaue klettert,
Tut es trillernd, dir zu gefallen, und des
Wilden Klatschmohns purpurne Blüte ist ein
Feuriger Juhschrei!

In den kühlen, glänzenden Nächten richtet
Sich das grüne Gras wieder auf. Die Schnecke
Wandert durch das taunasse Land und sieht nicht
Oben die Sterne:

Ihren Fühlern sind sie entrückt! Sie fürchtet
Jetzt schon wie die Kröte im schwarzen Hohlweg,
Wie der Salamander im Sumpf den süßen,
Rosigen Morgen.

Georg Britting

Heisser Tag

In der Hitze dieser Weinbergmauer
Hängt das trockne Gras aus engen Ritzen,
Und ein Schneckenhaus, lila bebändert,
Liegt auf warmer Erde, wo der Boden
Festgetreten ist, ein Pfad für Ziegen,
Weil der Weinberg längst kein Weinberg mehr.

Schau ihn an und schau dich um im Weiten:
Draußen ist das Tal wie ehedem,
Und du wartest, daß die Grille anfängt,
Flügelwetzend, Zinngeräusch am Mittag.

Doch die Grille ist hier längst vernichtet.
Ewig bleibt das Morgenlicht.

Hermann Lenz

Sommer

O Nüstern des Staubs!
Feuerschlund August,
Teiche schlürfend!

Die schartige Sense
des Winds
glüht im Rohr.

Im knisternden Schatten
brütender Garben
hockt der Sommer,
den nackten Fuß
von Stoppeln rissig.

Dich will ich rühmen,
Erde,
noch unter dem Stein,
dem Schweigen der Welt
ohne Schlaf und Dauer.

Peter Huchel

Holunder

Sitze ich im Dunkelgrün
Träumend an der grauen Rinde
Eingewiegt vom Sommerwinde –
Sehe ich dein helles Blühn
Überall im Dunkelgrün,
Sehe still dein Wunder,
Sterniger Holunder.

Blätter spielen über mir
Fingergleich mit Licht und Schatten
Auf den zarten Phloxrabatten,
Und ich ruhe ganz im Hier,
Glut und Mittag über mir,
Lausche deinem Wunder,
Sterniger Holunder.

Wie die Zeit vergessen lehnt
Drüben an der weißen Mauer –
Bin ich's selber, ohne Trauer,
Ohne Seele, die sich sehnt,
Und am Stamm vergessen lehnt
Tief in deinem Wunder,
Sterniger Holunder …

Oda Schaefer

Sommers
wärmten wir uns
mit dem Verlangen nach Frost
Eiswünsche hastig geschluckt
bedächtig bereitet

Nirgends
wollten wir ausruhen
länger als einen Tag
die Oliven nicht pressen
den Wein nicht mehr reifen sehn
aber schmecken den Schnee
der vom Scheitel Orions
tropft

Diana Kempff

IM SOMMER '99

die luft mit der dichte von carraramarmor:
eine frage der zeit, dann bräche der asphalt
zusammen unterm kreuzverhör der sonne.
am himmel suchte ein flugzeug das loch im blau.

während die welt sich sehnte nach den richtig
großen tragödien, saßen vor meinem fenster
die grillen an ihren winzigen nähmaschinen,
tastete ich in den schubladen meines schreibtischs
nach den abstecknadeln der worte.

in der stille des postamts schob man
kühle weiße briefe über den schalter
wie konfessionen durch die trennwand des beichtstuhls.
die adressen sind noch zu schreiben.

Jan Wagner

Pappellaub

Sommer hat mit leichter Hand
Laub der Pappel angenäht.
Unsichtbarer Schauder ist
Windlos auf die Haut gesät.

Zuckt wie Schatten Vogelbalg,
Spötterbrust, als winzger Strich:
Ach, schon wird es Überfall,
Wie sie blätterhin entwich!

Luft, die unterm weichen Flug
Kurzer Schwinge sich gerührt,
Schlägt wie blaue Geißel zu,
Die die dumpfe Stille führt.

Grüne Welle flüstert auf.
Silbermund noch lange spricht,
Sagt mir leicht die Welt ins Ohr,
Hingerauscht als Ungewicht.

Karl Krolow

Märkischer Juni

Das Silber der Gerste ist Bronze geworden.
Das silberne Bauchvlies der Felder verschwand.
Jetzt hat der Juni die Grannen geröstet.
Der Roggen wird falb. Satt liegt das Land,
Ein schlafendes Tier in der Mittagsschwüle.
Doch in der windigen Abendkühle
Bläst es kleine Fontänen Sand
Beim Atmen aus. Die staubigen Raine,
An denen Mulden voll Mohn verglühn,
Sind in Bewegung zum Kiefernhaine,
Den würgend wilde Holunder durchblühn.
Die Dörfer schlafen den Schlaf der Rosen,
Die dämmernd in sich versunken sind.
Hofhunde verbellen in mondscheinlosen
Halbnächten furchtsam das weidende Rind.

Eva Strittmatter

Sonnenwende

Nun die Sonne soll vollenden
Ihre längste, schönste Bahn,
Wie sie zögert, sich zu wenden
Nach dem stillen Ozean!
Ihrer Göttin Jugendneige
Fühlt die ahnende Natur,
Und mir dünkt, bedeutsam schweige
Rings die abendliche Flur.

Nur die Wachtel, die sonst immer
Frühe schmälend weckt den Tag,
Schlägt dem überwachten Schimmer
Jetzt noch einen Weckeschlag;
Und die Lerche steigt im Singen
Hochauf aus dem duft'gen Tal,
Einen Blick noch zu erschwingen
In den schon versunknen Strahl.

Ludwig Uhland

Wenn kühl der Sommermorgen graut

Tageszeiten

Wanderstunde gen dannach W[illegible]

[illegible]

[illegible]

[illegible] wird [illegible]

[illegible] im Schnee [illegible]

[illegible]

[illegible]

[illegible] du drehst [illegible]

[illegible] gesalbt [illegible]

[illegible]

[illegible] Volk aus Wolken [illegible]

[illegible]

[illegible]

[illegible]

[illegible]

Hochsommerfrühe

Wanderst morgen du nach Westen,
Zwischen drei und vier,
Hast du nur den dunkelfesten
Himmelsbau vor dir.

Bald wird süß im Grünen flöten,
Was im Schwarzen schwätzt.
Zaghaft werden erste Röten
In das Grau geätzt.

Und du ahnst das Licht im Rücken
Und du drehst dich um:
Ein gewaltiges Entzücken
Überstürzt dich stumm:

Aufgeblättert, Feuerrose,
Wolk aus Wolke schwellt.
Wild wirft sich die atemlose
Sonne in die Welt.

Eugen Roth

Wenn kühl der Sommermorgen graut
Vom Himmel rosig wie Heidekraut,
Wie rosige Blüte von Heidekraut
Die blasse Sichel niederschaut:

Dann gehen auf silbernen Sohlen da
Aus ihres Gartens Tor
Umgürtet mit Schönheit und Schweigen ja
Die jüngsten Träume hervor.

Sie gehen durch eine blasse
Leisrauschende Pappelallee,
Durch eine Heckengasse
Und durch den duftigen Klee,

Sie öffnen mit feinern Fingern leis
Am dämmernden Hause das Tor
Und gehen die kleine Treppe leis
Zu deiner Kammer empor,

An deinem Bett sie stehen lang
Und haben keinen Mut,
Auf deine Seele sie horchen bang,
Die siedet und nicht ruht.

Sie sind für dich gekommen weh!
Du atmest allzu schwer,
Rückgehen sie beklommen weh!
Hin, wo sie kamen her,
Hin, wo der Sommermorgen graut
Wie rosig Blühn von Heidekraut.

Hugo von Hofmannsthal

Morgensee

So viel weiße Seerosen wie dieses Jahr
Hat der Waldsee noch niemals gesehen.
In der blühenden Brandung ein Wildentenpaar
Zu hören ist nicht zu sehen
Im schäumenden Weiß. Der Sommer querrt
Eintönig mit ihren Stimmen.
Der Tag ist schon früh so von Hitze verzerrt,
Daß nur hilft: ins Wasser und schwimmen
Durchs Rosengeschlinge, die Todesgefahr
Unsrer ängstlichen Kindheit: es reißt euch hinab!
Ich treibe im Kühlen kühl Sonne im Haar ...
Wie schön, wenn es jetzt wär, von Rosen dies Grab

Eva Strittmatter

Die Sonne

Täglich kommt die gelbe Sonne über den Hügel.
Schön ist der Wald, das dunkle Tier,
Der Mensch; Jäger oder Hirt.

Rötlich steigt im grünen Weiher der Fisch.
Unter dem runden Himmel
Fährt der Fischer leise im blauen Kahn.

Langsam reift die Traube, das Korn.
Wenn sich stille der Tag neigt,
Ist ein Gutes und Böses bereitet.

Wenn es Nacht wird,
Hebt der Wanderer leise die schweren Lider;
Sonne aus finsterer Schlucht bricht.

Georg Trakl

Sommermorgen

Nichts bewegt sich, nicht die Schierlingsteller,
nicht das Wasser, das im Graben blinkt,
nichts in dieser Stunde, da ein heller
Widerschein vom Himmel sinkt

und opalen in den ungezählten
Tropfen morgendlichen Taus verschwebt
und im Wasser unten mit beseelten
Wolkenspielen lautlos lebt …

Wälder, die das Wiesenland umgrenzen,
Röhricht, an den Grabenrand geschmiegt,
nichts bewegt sich in dem großen Glänzen,
das auf allen Dingen liegt.

Manfred Hausmann

Mittag

Am Waldessaume träumt die Föhre,
Am Himmel weiße Wölkchen nur,
Es ist so still, daß ich sie höre,
Die tiefe Stille der Natur.

Rings Sonnenschein auf Wies' und Wegen,
Die Wipfel stumm, kein Lüftchen wach,
Und doch, es klingt, als ström' ein Regen
Leis tönend auf das Blätterdach.

Theodor Fontane

Sommermittag

Nun ist es still um Hof und Scheuer,
Und in der Mühle ruht der Stein;
Der Birnenbaum mit blanken Blättern
Steht regungslos im Sonnenschein.

Die Bienen summen so verschlafen;
Und in der offnen Bodenluk',
Benebelt von dem Duft des Heues,
Im grauen Röcklein nickt der Puk.

Der Müller schnarcht und das Gesinde,
Und nur die Tochter wacht im Haus;
Die lachet still, und zieht sich heimlich
Fürsichtig die Pantoffeln aus.

Sie geht und weckt den Müllerburschen,
Der kaum den schweren Augen traut:
»Nun küsse mich, verliebter Junge;
Doch sauber, sauber! nicht zu laut.«

Theodor Storm

Abseits

Es ist so still; die Heide liegt
Im warmen Mittagssonnenstrahle,
Ein rosenroter Schimmer fliegt
Um ihre alten Gräbermale;
Die Kräuter blühn; der Heideduft
Steigt in die blaue Sommerluft.

Laufkäfer hasten durchs Gesträuch
In ihren goldnen Panzerröckchen,
Die Bienen hängen Zweig um Zweig
Sich an der Edelheide Glöckchen,
Die Vögel schwirren aus dem Kraut –
Die Luft ist voller Lerchenlaut.

Ein halbverfallen niedrig Haus
Steht einsam hier und sonnbeschienen;
Der Kätner lehnt zur Tür hinaus,
Behaglich blinzelnd nach den Bienen;
Sein Junge auf dem Stein davor
Schnitzt Pfeifen sich aus Kälberrohr.

Kaum zittert durch die Mittagsruh
Ein Schlag der Dorfuhr, der entfernten;
Dem Alten fällt die Wimper zu,
Er träumt von seinen Honigernten.
– Kein Klang der aufgeregten Zeit
Drang noch in diese Einsamkeit.

Theodor Storm

Mittag

Der Sommermittag lastet auf den weißen
Terrassen und den schlanken Marmortreppen ·
die Gitter und die goldnen Kuppeln gleißen ·
leis knirscht der Kies. Vom müden Garten schleppen

sich Rosendüfte her · wo längs der Hecken
der schlaffe Wind entschlief in roten Matten ·
und geisternd strahlen zwischen Laubverstecken
die Götterbilder über laue Schatten.

Die Efeulauben flimmern. Schwäne wiegen
und spiegeln sich in grundlos grünen Weihern ·
und große fremde Sonnenfalter fliegen
traumhaft und schillernd zwischen Düfteschleiern.

Ernst Stadler

In den Mittag gesprochen

Schläfriger Garten. Gedankenlos
wie der Daume über dem Daume.
Sage, wer trägt die Birne im Schoß,
den Apfel, die Eierpflaume?

Breit auseinander setzt Schenkel und Knie',
weil schon Spilling und Mirabelle
höher sich wölben voll Saft und Magie,
die Natur auf der Sommersschwelle.

Bis an den Umkreis der Schale erfüllt,
sind die Früchte nur mit sich selber,
und in die flimmernden Lüfte gehüllt,
überläuft es sie blauer und gelber.

Pochender Aufschlag. Was trägt und enthält,
ist das Ganze von Allen geboren.
Innen ward Außen. Was ungepflückt fällt,
geht wie Traum an das Ganze verloren.

Scharren im Laube. Ein brütendes Huhn
sitzt getrost auf zerbrochenem Rade.
Zeit, wohin fließest du? Nach Avalun …
Süßes, wie heißest du? Kern in den Schuhn
purpurblaun, gelben? Du wirkendes Ruhn?
Und ein Jegliches antwortet: Gnade!

Elisabeth Langgässer

Auf der Lichtung

Sommermittag auf dem Hochwald brütet,
Aber auf der Lichtung treu behütet
Vom Geflechte dunkler Brombeerranken,
Wachen auf des Waldes Lichtgedanken.

Falter sind es, die so farbenprächtig,
Auf der Lichtung, sonnig halb und nächtig,
Diese Brombeerblüten still umbeben,
Purpurdisteln geistergleich umschweben.

Sagt mir an ihr stillen Geisterfalter
Auf der Lichtung: Wie viel Zeitenalter
Ihr im Banne laget bei den Toten,
Eh ihr wurdet solche Wunderboten?

Christian Wagner

Unter einer Linde

Herzlaub, holder Honigmund
summend unter lautern Sonnen!
Süßer quillt der Blütenbronnen
in der goldnen Mittagsstund.

Über Feldern – wie ein Traum –
wächst ein weißer Wolkenrocken.
Stille weht in Silberflocken
hin am bunten Wiesensaum.

Bläue leuchtet wunderbar.
Wind, mit Düften ganz beladen,
löst sich trunkne Bienenschwaden
schläfrig aus verwirrtem Haar.

Christine Busta

Ich stand auf Berges Halde
Als heim die Sonne ging

ABENDS UND NACHTS

Ich [illegible]
Nicht [illegible] gegen [illegible]
[illegible] kommen.
[illegible] nicht [illegible]
[illegible] -groß [illegible]
[illegible] zur [illegible]
[illegible] gesch[illegible]
[illegible]

[illegible]
[illegible]
[illegible] -erstve [illegible]
[illegible] Kop[illegible]
[illegible] unterschi[illegible]
[illegible] verba[illegible]
[illegible] einer Kühe [illegible]
Die [illegible] lang [illegible]

[illegible] -herrlich [illegible]
[illegible] -nenahe [illegible]
[illegible] der Anblick [illegible]
[illegible] mit [illegible]
[illegible] -chlampe [illegible]
[illegible] -bedeckt [illegible]
[illegible] Lampe [illegible]
[illegible] -esteckt.

[illegible]
[illegible]
[illegible]
[illegible]

Der Juniusabend

Ein matter Purpurschimmer dämmert
Noch graugesäumt von Westen her.
In seiner kleinen Esse hämmert
Der müde Nachbar Schmied nicht mehr.
Es hüpft' auf schrägen Leitersprossen
Das Hühnervölkchen längst zur Ruh.
Die Schwalb' hat ihr Konzert geschlossen
Und eilt dem Hangebettchen zu.

Wir seh'n uns – drückend war die Hitze –
Nach einem Kühlungsörtchen um:
Dort lockt mit seinem Rasensitze
Der Laube Kaprifolium.
O Hüttchen, das nach Sommerschwüle
Uns manchen Abend schon verbarg.
Empfang' uns; sind in deiner Kühle
Die Mücken gleich ein wenig arg.

Wie still! es knarrt der Perpendikel
Vernehmlich an der Kirchenuhr;
Es rauscht mit Düften der Aurikel
Ein leises Schauerlüftchen nur.
Und o! dort über'm Eichelkampe,
Von grauem Heerrauch überdeckt,
Wird eben itzt die goldne Lampe
Des großen Mondes angesteckt.

Sanft möge rings dein Abendschlummer,
Recht sanft, geliebte Gegend, sein!
O schlief' auch jeder kleine Kummer
Der guten Menschen mit dir ein!

Schließt dort in *Beiersdorf*, ihr Lieben,
Schließt wohlgemut die Augen zu!
Euch, liebe gute Nachbarn, drüben
In *Löhm'* und *Seefeld*, sanfte Ruh!

Auch dir, wo ich in Hütt' und Särgen
Manch teures Kleinod hinterließ,
O Heimat hinter jenen Bergen,
Auch dir heut Ruhe sanft und süß! –
Doch still davon! Die Tränen schießen
In's Auge mir; kommt, Weib und Kind,
Laßt uns die Primeln noch begießen;
Sie trauern schon: geschwind, geschwind!

Friedrich Wilhelm August Schmidt von Werneuchen

Dämmernd liegt der Sommerabend
Über Wald und grünen Wiesen;
Goldner Mond, im blauen Himmel,
Strahlt herunter, duftig labend.

An dem Bache zirpt die Grille,
Und es regt sich in dem Wasser,
Und der Wandrer hört ein Plätschern
Und ein Atmen in der Stille.

Dorten an dem Bach alleine,
Badet sich die schöne Elfe;
Arm und Nacken, weiß und lieblich,
Schimmern in dem Mondenscheine.

Heinrich Heine

Der Sommer

Im Tale rinnt der Bach, die Berg an hoher Seite,
Sie grünen weit umher an dieses Tales Breite,
Und Bäume mit dem Laube stehn gebreitet,
Daß fast verborgen dort der Bach hinunter gleitet.

So glänzt darob des schönen Sommers Sonne,
Daß fast zu eilen scheint des hellen Tages Wonne,
Der Abend mit der Frische kommt zu Ende,
Und trachtet, wie er das dem Menschen noch vollende.

mit Untertänigkeit
Scardanelli.

Friedrich Hölderlin

Sommer
Abendlied

Ich stand auf Berges Halde,
Als heim die Sonne ging,
Und sah, wie überm Walde
Des Abends Goldnetz hing.

Des Himmels Wolken tauten
Der Erde Frieden zu,
Bei Abendglockenlauten
Ging die Natur zur Ruh'.

Ich sprach: »O Herz, empfinde
Der Schöpfung Stille nun,
Und schick' mit jedem Kinde
Der Flur dich auch, zu ruhn.«

Die Blumen alle schließen
Die Augen allgemach,
Und alle Wellen fließen
Besänftiget im Bach.

Nun hat der müde Silfe
Sich unters Blatt gesetzt,
Und die Libell' am Schilfe
Entschlummert taubenetzt.

Es ward dem goldnen Käfer
Zur Wieg' ein Rosenblatt;
Die Herde mit dem Schäfer
Sucht ihre Lagerstatt.

Die Lerche sucht aus Lüften
Ihr feuchtes Nest im Klee,
Und in des Waldes Schlüften
Ihr Lager Hirsch und Reh.

Wer sein ein Hüttchen nennet,
Ruht nun darin sich aus;
Und wen die Fremde trennet,
Den trägt ein Traum nach Haus.

Mich fasset ein Verlangen,
Daß ich zu dieser Frist
Hinauf nicht kann gelangen,
Wo meine Heimat ist.

Friedrich Rückert

Pastors Abendspaziergang

Das Abendrot brennt an des Himmels Saum,
Ich schlendre so, als wie im halben Traum,
Zum Dorf hinaus auf grünem Wiesenwege
Am Wald hinunter, wie ich täglich pflege.

Rings auf der Wiese wimmelt es und schafft,
Vom frischen Heu kommt mit gewürzger Kraft
Ein süßer Duft auf kühler Lüfte Wogen,
Mein alter Liebling, zu mir hergezogen.

Rot, Blau und Gold, ein ganzes Farbenreich,
Betrachtet sich im spiegelhellen Teich,
Wildenten sieht man durch die Wellen streben
Und hoch in Lüften Weih und Sperber schweben.

Ein flüsternd Wehen geht im dunklen Wald,
Die Vögel rufen, daß es weithin schallt,
Die Unke will sich auf der Flöte zeigen,
Die Grille zirpt, und auch die Schnaken geigen.

Studieren wollt ich einen Predigtplan,
Nun hör ich selbst die große Predigt an,
Voll Kraft und Mark, ein Menschenherz zu stärken,
Die große Predigt von des Meisters Werken.

Friedrich Theodor Vischer

Sommer

Am Abend schweigt die Klage
Des Kuckucks im Wald.
Tiefer neigt sich das Korn,
Der rote Mohn.

Schwarzes Gewitter droht
Über dem Hügel.
Das alte Lied der Grille
Erstirbt im Feld.

Nimmer regt sich das Laub
Der Kastanie.
Auf der Wendeltreppe
Rauscht dein Kleid.

Stille leuchtet die Kerze
Im dunklen Zimmer;
Eine silberne Hand
Löschte sie aus;

Windstille, sternlose Nacht.

Georg Trakl

Abend in Lans

Wanderschaft durch dämmernden Sommer
An Bündeln vergilbten Korns vorbei. Unter getünchten
  Bogen,
Wo die Schwalbe aus und ein flog, tranken wir feurigen
  Wein.

Schön: o Schwermut und purpurnes Lachen.
Abend und die dunklen Düfte des Grüns
Kühlen mit Schauern die glühende Stirne uns.

Silberne Wasser rinnen über die Stufen des Walds,
Die Nacht und sprachlos ein vergessenes Leben.
Freund; die belaubten Stege ins Dorf.

Georg Trakl

IABEND

Kleine Flöte aus Grün: die Stimme der Amsel.
Am Juniabend tönt sie die Zeit.
Die still steht und zittert.
Das Grün ist durchbittert
Von Regen, bis hallend der Wildtäuber schreit
Und läßt die Zeit durch die Kehlwölbung rollen.
Die kleine Flöte verstummt verschreckt.
Doch der Täuber hat mit dem lebenstollen
Ruf das Gewissen der Sonne geweckt.
Das Grün wird entbittert, die Zeit wird bewegt.
Und die Flöte der Amsel wird blau ausgelegt.

Eva Strittmatter

Waffenstillstand der Nacht

Windsgleich kommt der wilde Krieg geritten,
Durch das Grün der Tod ihm nachgeschritten,
Manch Gespenst steht sinnend auf dem Feld,
Und der Sommer schüttelt sich vor Grausen,
Läßt die Blätter, schließt die grünen Klausen,
Ab sich wendend von der blut'gen Welt.

Prächtig war die Nacht nun aufgegangen,
Hatte alle mütterlich umfangen,
Freund und Feind mit leisem Friedenskuß,
Und, als wollt der Herr vom Himmel steigen,
Hört ich wieder durch das tiefe Schweigen
Rings der Wälder feierlichen Gruß.

Joseph von Eichendorff

Sehnsucht

Es schienen so golden die Sterne,
Am Fenster ich einsam stand
Und hörte aus weiter Ferne
Ein Posthorn im stillen Land.
Das Herz mir im Leib entbrennte,
Da hab ich mir heimlich gedacht:
Ach, wer da mitreisen könnte
In der prächtigen Sommernacht!

Zwei junge Gesellen gingen
Vorüber am Bergeshang,
Ich hörte im Wandern sie singen
Die stille Gegend entlang:
Von schwindelnden Felsenschlüften,
Wo die Wälder rauschen so sacht,
Von Quellen, die von den Klüften
Sich stürzen in die Waldesnacht.

Sie sangen von Marmorbildern,
Von Gärten, die überm Gestein
In dämmernden Lauben verwildern,
Palästen im Mondenschein,
Wo die Mädchen am Fenster lauschen,
Wann der Lauten Klang erwacht
Und die Brunnen verschlafen rauschen
In der prächtigen Sommernacht. –

Joseph von Eichendorff

Sommernacht

An ferne Berge schlug die Donnerkeulen
Ein rasch verrauschtes Nachmittaggewitter.
Die Bauern zogen heim auf müden Gäulen,
Und singend kehrten Winzervolk und Schnitter.
Auf allen Dächern qualmten blaue Säulen
Genügsam himmelan, ein luftig Gitter.
Nun ist es Nacht, es geistern schon die Eulen,
Einsam aus einer Laube klingt die Zither.

Detlev von Liliencron

Schöne Junitage

Mitternacht, die Gärten lauschen,
Flüsterwort und Liebeskuß,
Bis der letzte Klang verklungen,
Weil nun alles schlafen muß –
          Flußüberwärts singt eine Nachtigall.

Sonnengrüner Rosengarten,
Sonnenweiße Stromesflut,
Sonnenstiller Morgenfriede,
Der auf Baum und Beeten ruht –
          Flußüberwärts singt eine Nachtigall.

Straßentreiben, fern, verworren,
Reicher Mann und Bettelkind,
Myrtenkränze, Leichenzüge,
Tausendfältig Leben rinnt –
          Flußüberwärts singt eine Nachtigall.

Langsam graut der Abend nieder,
Milde wird die harte Welt,
Und das Herz macht seinen Frieden,
Und zum Kinde wird der Held –
          Flußüberwärts singt eine Nachtigall.

Detlev von Liliencron

Dann kamen Schwimmer, die im Fluß
Hintrieben

BEGEBENHEITEN UND ERINNERUNGEN

Der Guckuck wie die Nachtigall,
Sie möchten den Frühling fesseln,
Doch drängt der Sommer schon überall
Mit Disteln und mit Nesseln.
Auch mir hat er das leichte Laub
An jenem Baum verdichtet,
Durch das ich sonst zu schönstem Raub
Den Liebesblick gerichtet;
Verdeckt ist mir das bunte Dach,
Die Gitter und die Pfosten;
Wohin mein Auge spähend brach,
Dort ewig bleibt mein Osten.

Johann Wolfgang Goethe

Einkehr

Bei einem Wirte, wundermild,
Da war ich jüngst zu Gaste;
Ein goldner Apfel war sein Schild
An einem langen Aste.

Es war der gute Apfelbaum,
Bei dem ich eingekehret;
Mit süßer Kost und frischem Schaum
Hat er mich wohl genähret.

Es kamen in sein grünes Haus
Viel leichtbeschwingte Gäste;
Sie sprangen frei und hielten Schmaus
Und sangen auf das Beste.

Ich fand ein Bett zu süßer Ruh
Auf weichen, grünen Matten;
Der Wirt, er deckte selbst mich zu
Mit seinem kühlen Schatten.

Nun fragt ich nach der Schuldigkeit,
Da schüttelt' er den Wipfel.
Gesegnet sei er allezeit
Von der Wurzel bis zum Gipfel!

Ludwig Uhland

Schwarzschattende Kastanie

Schwarzschattende Kastanie,
Mein windgeregtes Sommerzelt,
Du senkst zur Flut dein weit Geäst,
Dein Laub, es durstet und es trinkt,
Schwarzschattende Kastanie!
Im Porte badet junge Brut
Mit Hader oder Lustgeschrei.
Und Kinder schwimmen leuchtend weiß
Im Gitter deines Blätterwerks,
Schwarzschattende Kastanie!
Und dämmern See und Ufer ein
Und rauscht vorbei das Abendboot,
So zuckt aus roter Schiffslatern
Ein Blitz und wandert auf dem Schwung
Der Flut, gebrochnen Lettern gleich,
Bis unter deinem Laub erlischt
Die rätselhafte Flammenschrift,
Schwarzschattende Kastanie!

Conrad Ferdinand Meyer

ONNENUHR

Selten reicht ein Schauer feuchter Fäule
aus dem Gartenschatten, wo einander
Tropfen fallen hören und ein Wander-
vogel lautet, zu der Säule,
die in Majoran und Koriander
steht und Sommerstunden zeigt;

nur sobald die Dame (der ein Diener
nachfolgt) in dem hellen Florentiner
über ihren Rand sich neigt,
wird sie schattig und verschweigt –.

Oder wenn ein sommerlicher Regen
aufkommt aus dem wogenden Bewegen
hoher Kronen, hat sie eine Pause;
denn sie weiß die Zeit nicht auszudrücken,
die dann in den Frucht- und Blumenstücken
plötzlich glüht im weißen Gartenhause.

Rainer Maria Rilke

Aufzeichnung im Sommer

Dann kamen Schwimmer, die im Fluß
Hintrieben, um den jungen Leib
Dem Wasser anzugleichen, dem
Nicht faßbaren. Sie fühlten sich
Unteilbar werden mit der Flut,
Dem Licht, der Himmelswölbung. Später,
Als sie am Ufer standen und
Nach irgendetwas suchten, das
Ins Ferne wegtrieb, rannen noch
Von ihrer Haut die Tropfen, bis
Der Wind sie aufsog. Doch es blieb
Ein Schimmer, unfaßbar zurück.

Hermann Kasack

Heisser Tag

Heißer Tag. Auf den Knien die Schreibmappe
Sitze ich im Pavillon. Ein grüner Kahn
Kommt durch die Weide in Sicht. Im Heck
Eine dicke Nonne, dick gekleidet. Vor ihr
Ein ältlicher Mensch im Schwimmanzug, wahrscheinlich
   ein Priester.
An der Ruderbank, aus vollen Kräften rudernd
Ein Kind. Wie in alten Zeiten! denke ich
Wie in alten Zeiten!

Bertolt Brecht

Juni in Schönbrunn

Sieh den Sommer, wie er in den alten
Lindengärten hingeht, mit den Bienen
innig redend unter grünem Wind.

Auf besonnter Steinbank ruhn verflogne
Falter und der Algengrund der Teiche
glüht vom Goldgespinst ertrunknen Lichts.

Vögel nisten im Verborgnen. Innerst
tönt Gesang. Und strömend unter Schatten
öffnet sich geheimer Quellenmund.

Schöne Götter mit behelmtem Haupte
lächeln aus der Fremde kühlen Laubes,
Blütenbüschel überm blinden Blick.

Christine Busta

Spätsommer

Ich lieg mit dem Rücken zum Licht,
Aber die Seiten des Buches
Zeigen den Widerschein
Des Himmels über den Gärten.

Es ist nicht schwer,
Plötzlich zu wissen,
Daß es zu spät ist,
Um noch auf den Sommer zu warten.

Heute,
Das weiß ich,
Führt kein Weg zurück in die Freiheit,
Die man uns versprach,
Als ich fast noch ein Kind war.

In meinem Gedächtnis
Stehen die Wolken über den Gärten
Wie Prophetenbärte,
Während unten die Grüne Minna
Vorbeifährt.

Heinz Czechowski

Petzower Sommer

Latten, zu Zunder gedörrt, Zaun unter zögernden
Schritten:
Lautlos zerfällt er, es knirscht zwischen Sohle und Holz.
Hier war die Kette, jetzt Rost. Glühender Sand! und es
legt der
Wind das Emailleschild frei: Vorsicht! Bissiger Hund.
Astwerk im Winde gespannt, früchteschleudernde
Bögen.
Unter geborstenem Baum greift im Liegen der Mund
Kirschen, von Kirschfleisch gefleckt flattert die Bluse der
Freundin
Über uns, Hohlform der Luft, Fahne, Trophäe des Siegs.
Stimmen von weit her geweht. Schlurfende Schritte, ein
Bauer
Knurrt zwischen Pfeife und Zahn: Stehlt soviel ihr nur
könnt.

Karl Mickel

Sparverein hat Sommerfest

Jeder Pfiffige tritt ein
in den deutschen Sparverein.
Spart, was sich nur sparen läßt
für das große Sommerfest.
Da gibt man in Saus und Braus
alles Geld auf einmal aus.
Wer nischt hat, läßt sich nicht lumpen
und geht bei den andern pumpen.
Aber keiner pumpt allein,
darum wird zum Sparverein
noch ein Pumpverein gegründet,
den man äußerst nützlich findet,
weil sich *noch* ein Sommerfest
des Vereins erwarten läßt.
Denn das muß gefeiert sein.
Hoch! Es lebe der Verein!

Heinz Kahlau

Das Fest

Flackernde Kerzen knistern überm Tisch, und Blumen
schwimmen
In grünen Schalen auf des Wassers Haut. Der Nelken Duft
Vor Spiegeln sich ergießt, die Bäume heben
Atmende Häupter in die Nacht, dem Mond geneigt.
Das schwarze Haar, berührt vom Wind, lebt in der Höhe
Als Schatten dunkler Blätter und entschwindet.

Hermann Lenz

Im vergangenen Sommer

Die Maurer im Garten; es geht
um mehr, die Sicherheit der Erde,
das Fundament für die Ruhe.
Und keine Berührung der Bäume,
kein Aufbau von Schatten,
der Phlox, die Astern sprechen mit.
Das Moos, du siehst, hat Platz
für seine Rückkehr; die Spinnen
warten noch; der Regen weiß selber
wohin. Die Mauer langsam wird hart
und verspricht, sie wird schweigen.

Jürgen Becker

Zu ihrem Munde beugt ich mich hernieder

Sommer der Liebe

Einen Sommer lang

Zwischen Roggenfeld und Hecken
Führt ein schmaler Gang;
Süßes, seliges Verstecken
Einen Sommer lang.

Wenn wir uns von ferne sehen,
Zögert sie den Schritt,
Rupft ein Hälmchen sich im Gehen,
Nimmt ein Blättchen mit.

Hat mit Ähren sich das Mieder
Unschuldig geschmückt,
Sich den Hut verlegen nieder
In die Stirn gerückt.

Finster kommt sie langsam näher,
Färbt sich rot wie Mohn;
Doch ich bin ein feiner Späher,
Kenn die Schelmin schon.

Noch ein Blick in Weg und Weite,
Ruhig liegt die Welt,
Und es hat an ihre Seite
Mich der Sturm gesellt.

Zwischen Roggenfeld und Hecken
Führt ein schmaler Gang;
Süßes, seliges Verstecken
Einen Sommer lang.

Detlev von Liliencron

Ich sah dich, Freund, durchs hohe Saatfeld schreiten.
Du gingst allein, dein Haupt nur überragte
die Ähren, die das Abendrot vergoldet.
Doch beugtest du von Zeit zu Zeit dich nieder
und immer wieder warst du ganz verschwunden.
Nun sage mir: was suchtest du im Felde?
– Mein Freund, die hohe Saat hat dich betrogen.
Ich war allein – mit einem Mädchen.
Zu ihrem Munde beugt ich mich hernieder
und suchte dort und fand gar süße Früchte,
indes die goldnen Ähren uns verhüllten.

Otto Erich Hartleben

Die Nachtigall

Das macht, es hat die Nachtigall
Die ganze Nacht gesungen;
Da sind von ihrem süßen Schall,
Da sind in Hall und Widerhall
Die Rosen aufgesprungen.

Sie war doch sonst ein wildes Kind;
Nun geht sie tief in Sinnen,
Trägt in der Hand den Sommerhut
Und duldet still der Sonne Glut
Und weiß nicht, was beginnen.

Das macht, es hat die Nachtigall
Die ganze Nacht gesungen;
Da sind von ihrem süßen Schall,
Da sind in Hall und Widerhall
Die Rosen aufgesprungen.

Theodor Storm

Sonnwendtag

Es war am Sommersonnwendtag,
Dein braunes Haar im Nacken lag
Wie Gold und schwere Seiden.

Da nahmst du mir die feine Hand.
Und hinter dir stob auf der Sand
Des Feldwegs an den Weiden.

Von allen Bäumen floß der Glanz.
Dein Ritt war lauter Elfentanz
Hin über rote Heiden.

Und um mich duftete der Hag,
Wie nur am Sommersonnwendtag,
Ein Dank und Sichbescheiden.

Georg Heym

Der Sommerfaden

Da fliegt, als wir im Felde gehen,
Ein Sommerfaden über Land,
Ein leicht und licht Gespinst der Feen,
Und knüpft von mir zu ihr ein Band.
Ich nehm' ihn für ein günstig Zeichen,
Ein Zeichen, wie die Lieb es braucht.
O Hoffnungen der Hoffnungsreichen,
Aus Duft gewebt, von Luft zerhaucht!

Ludwig Uhland

Bauernregel

Im Sommer such ein Liebchen dir
In Garten und Gefild!
Da sind die Tage lang genug,
Da sind die Nächte mild.

Im Winter muß der süße Bund
Schon fest geschlossen sein,
So darfst nicht lange stehn im Schnee
Bei kaltem Mondenschein.

Ludwig Uhland

Ein heisser Tag

Im Fluß umarmen sich die Spiegelbilder
Der Liebenden.
Der Mittag hat Achseln
Aus feuchten Schwertlilienblättern.
Man sagt: ein heißer Tag.
Oder: der Wind geht
Dem Duft der Lavendelstauden nach
Wie ein Mann einer Frau.
Einer hält seine linke Hand
Vor die Augen.
Der Nachmittag bürgt
Für das Gleichgewicht der Welt.
Abends öffnen sich
Die Blusen der Mädchen
Von selber.

Karl Krolow

Sommer

Hier in den Mulden, in den schäumenden Wiesen,
Im Regen, der uns segnet und sonderbar singt,
Auf dem offenen Feld, im Hafer, der uns jetzt sticht,
Im Tollkraut, im Trollkraut, dunkel und licht,
Liebste, hier wolln wir machen, was den Tod
Zu Tode erschrickt, hier, im singenden Regen,
Damit es aufgehe in deinem Leib wie ein Brot,
Auf dem roten Acker, mein ein und mein alles,
Im Regen, Liebste, und nicht unterm Dach,
Hier, wo wir singen, in den schäumenden Wiesen.

Bernd Jentzsch

Kurzer Sommer

Tage vorgewärmt

Auf der Wange
ein unverhoffter Kuß
Du siehst und bleibst
vor Zuneigung taub

Im Herbst noch
Heu im Rücken

C. W. Aigner

In stiller Sommerluft

Das grüne Gold der Blätter, das die Sonne malt –
ich seh es noch, wies dir vom weißen Kleide blitzt,
und fühle deine Hände noch auf meinem Haar ...
Die wilden Blumen dufteten rings so stark und süß.

Was sprachst du doch? – Ich höre deine Stimme nicht,
vergebens sinn ich ihrem fernen Klange nach.
Ich bin allein – in meine offnen Hände fällt
das grüne Gold der Blätter, das die Sonne malt.

Otto Erich Hartleben

Nichts bleibt mein Herz. Und alles ist von Dauer

Sommer des Lebens

Der Sommer

Das Erntefeld erscheint, auf Höhen schimmert
Der hellen Wolke Pracht, indes am weiten Himmel
In stiller Nacht die Zahl der Sterne flimmert,
Groß ist und weit von Wolken das Gewimmel.

Die Pfade gehn entfernter hin, der Menschen Leben,
Es zeiget sich auf Meeren unverborgen,
Der Sonne Tag ist zu der Menschen Streben
Ein hohes Bild, und golden glänzt der Morgen.

Mit neuen Farben ist geschmückt der Gärten Breite,
Der Mensch verwundert sich, daß sein Bemühn gelinget,
Was er mit Tugend schafft, und was er hoch vollbringet,
Es steht mit der Vergangenheit in prächtigem Geleite.

Friedrich Hölderlin

Sommerschwüle

1

Ich klimm zum Berg und schau zur niedern Erde,
Ich klimm hinab und schau die Berge an,
Süß-melancholisch spitzt sich die Gebärde
Und gift'ge Weltverachtung ficht mich an;
Doch will aus Schmerz und Haß nichts Rechtes werden.
Ermanne dich! – Ich bin doch wohl ein Mann? –
Und ach! wie träge Silb aus Silbe schleichet,
Mit Not hab ich den letzten Reim erreichet.

O weg mit Reim und Leierklang und Singen!
Faß, Leben, wieder mich lebendig an!
Mit deiner Woge will ich freudig ringen,
Die tief mich stürzt, hebt mich auch himmelan.
Im Sturme spannt der Adler seine Schwingen –
Blas zu! da spür ich wieder, daß ich Mann!
Viel lieber will ich raschen Tod erwerben,
Als, so verschmachtend, lebenslang zu sterben.

2

Die Nachtigall schweigt, sie hat ihr Nest gefunden,
Träg ziehn die Quellen, die so kühle sprangen,
Von trüber Schwüle liegt die Welt umfangen,
So hat den Lenz der Sommer überwunden.

Noch nie hat es die Brust so tief empfunden,
Es ist, als ob viel Stimmen heimlich sangen:
»Auch *dein* Lenz, froher Sänger, ist vergangen,
An Weib und Kind ist nun der Sinn gebunden!«

O komm, Geliebte, komm zu mir zurücke!
Kann ich nur deine hellen Augen schauen,
Fröhlich Gestirn in dem verworrnen Treiben:

Wölbt hoch sich wieder des Gesanges Brücke,
Und kühn darf ich der alten Lust vertrauen,
Denn ew'ger Frühling will bei *Liebe* bleiben.

Joseph von Eichendorff

Der Kranke im Garten

Noch eine Nachtigall, so spät?
Schon sind die Blüten längst verweht,
Der Sommer reift die Felder schon,
Und noch ein Frühlingston?

O Lenz, ward es dir offenbar,
Daß ich noch sterbe dieses Jahr?
Und riefest aus der Ferne du
Noch einen Gruß mir zu? –

Nikolaus Lenau

Ganz still; es liegt der Mittagsschein
Wie Flammen auf den fernen Bergesmatten;
Ein Hauch wacht auf und schlummert ein,
Und lautlos kürzen sich die Giebelschatten.

Vom Garten leisen Atems weht
Ein heißer Duft von Thymian und Lavendel,
Und leise hin und wieder geht
Der alten Wanduhr Amourettenpendel.

So ging in meiner Kindheit schon
Er tickend auf und ab die gleichen Wege,
Und durch die Stille klingt sein Ton
Gleichwie verschollner Zeiten Herzensschläge.

Was will ihr Raunen heut – was rinnt
Durchs eigne Herz mir heut aus ihrem Klange,
Daß es zu pochen auch beginnt
So lebenssüß und doch so todesbange?

Umfängt in dieser Stille mich
Ein schauernd unsichtbares Geisterweben,
Und ringt begrabene Liebe sich
In meinem Herzen auf nach neuem Leben?

Wilhelm Jensen

Ihr Vögel in den Zweigen schwank,
Wie seid ihr froh und frisch und frank,
Und trillert Morgenchöre:
Ich fühle mich im Herzen krank,
Wenn ich's von unten höre.

Ein Stündchen schleich ich bloß heraus
In euer ästig Sommerhaus,
Und muß mich des beklagen:
Ihr lebet stets in Saus und Braus,
Seht's nachten hier und tagen.

Ihr sucht der Bäume grünes Dach,
Der Wiese Schmelz, den Kieselbach,
Ihr flieht vor Stadt und Mauer,
Und laßt die Menschen sagen ach!
In ihrem Vogelbauer.

August von Platen

Irrtum

Funken flogen über mein Dach,
Ich fürchtete schon, es brenne;
Dann sprach ich: Johannesfünkchen, ach,
Daß ich nicht mehr euch kenne!

Ich sah euch fliegen in mancher Nacht,
Da ich noch leicht fing Feuer,
Da hab ich doch an andres gedacht
Als jetzt an Haus und Scheuer.

Friedrich Rückert

Verloren

Was Holdes liegt mir in dem Sinn,
Das ich vor Zeit einmal besessen;
Ich weiß nicht, wo es kommen hin,
Auch, was es war, ist mir vergessen.
Vielleicht – am fernen Waldesrand,
Wo ich am lichten Junimorgen
– Die Kinder klein und klein die Sorgen –
Mit dir gesessen Hand in Hand,
Indes vom Fels die Quelle tropfte,
Die Amsel schallend schlug im Grund,
Mein Herz in gleichen Schlägen klopfte
Und glücklich lächelnd schwieg dein Mund;
In grünen Schatten lag der Ort –
Wenn nur der weite Raum nicht trennte,
Wenn ich nur dort hinüberkönnte,
Wer weiß! – vielleicht noch fänd ich's dort.

Theodor Storm

Ein grünes Blatt

Ein Blatt aus sommerlichen Tagen,
Ich nahm es so im Wandern mit,
Auf daß es einst mir möge sagen,
Wie laut die Nachtigall geschlagen,
Wie grün der Wald, den ich durchschritt.

Theodor Storm

Blühende Myrte –
Ich hoffte süße Frucht von dir zu pflücken;
Die Blüte fiel; nun seh ich, daß ich irrte.

Schnell welkende Winden –
Die Spur von meinen Kinderfüßen sucht ich
An eurem Zaun, doch konnt ich sie nicht finden.

Muskathyazinthen –
Ihr blühtet einst in Urgroßmutters Garten;
Das war ein Platz, weltfern, weit, weit dahinten.

Dunkle Zypressen –
Die Welt ist gar zu lustig;
Es wird doch alles vergessen.

Theodor Storm

Einsamer nie –

Einsamer nie als im August:
Erfüllungsstunde – im Gelände
die roten und die goldenen Brände,
doch wo ist deiner Gärten Lust?

Die Seen klar, die Himmel weich,
die Äcker rein und glänzen leise,
doch wo sind Sieg und Siegsbeweise
aus dem von dir vertretenen Reich?

Wo alles sich durch Glück beweist
und tauscht den Blick und tauscht die Ringe
im Weingeruch, im Rausch der Dinge –
dienst du dem Gegenglück, dem Geist.

Gottfried Benn

Sommerlich die Gärten tönen,
singen Vögel, rauscht das Laub.
Hinter all dem zärtlich Schönen
geht die Raserei auf Raub.
Sie verstockt sich, nicht zu hören
auf des Lebens Harmonie;
stets nur konnte sie zerstören,
was in Friedlichkeit gedieh.
Wir, die dankerfüllt genießen,
was in Busch und Baum geschieht,
die sich gern bezaubern ließen
durch der Jahreszeiten Lied,
wittern plötzlich das Verderben,
das mich, der das Leben liebt,
dennoch läßt gewaltsam sterben,
wenn es alles dies noch gibt,
ungestört vom Bomber-Dröhnen,
gegen Schlachten-Donner taub:
sommerlichen Glückes Tönen,
Lerche und bewegtes Laub.

Max Herrmann-Neiße

Sommerbrief

Eine schlange hält es nicht bei einem haus,
in dem man mit den türen schlägt.
Ein gast

Wie wir leben?

Wand an wand
mit der kreuzotter

Seit jahren

Mittags kehrt sie zurück
von der jagd

Zwischen den großen kieselsteinen,
bebändert wie sie,
wärmt sie sich auf

Eine königin, abstand gebietend
die krone

Zudringlichem blick
entzieht sie sich

Reiner Kunze

Sommerlied

Freu dich, daß die Blumen duften
Süß bei Bauernbrot und Speck –
Laß die Schurken und die Schuften,
Laß den ganzen, ganzen Dreck!
Und die Sonne schimmert golden,
Und das Bier ist gut und frisch,
Schmetterling und Lindendolden
Flattern auf den Gartentisch.
Was gekommen, was gegangen –
Allem trink ich lustig zu!
Keine Wünsche, kein Verlangen
Stört die liebe Sommerruh.
Und im Herz blühn Mohn und Lerchen,
Und du lachst so wunderbar,
Kind! mit deinen alten Märchen
Täusche nicht mein graues Haar!
Denn ich lernt mich längst bescheiden,
Unnütz war, was all geschah …
Blaue Nacht! du nahst so seiden,
Und die Sterne sind schon da – – –

Jakob Haringer

Des alten Mannes Sehnsucht nach dem Sommer

Wenn endlich Juli würde anstatt März,

Nichts hielte mich, ich nähme einen Rand,
Zu Pferd, zu Wagen oder mit der Bahn
Käm ich hinaus ins schöne Hügelland.

Da stünden Gruppen großer Bäume nah,
Platanen, Rüster, Ahorn oder Eiche:
Wie lang ists, daß ich keine solchen sah!

Da stiege ich vom Pferde oder riefe
Dem Kutscher: Halt! und ginge ohne Ziel
Nach vorwärts in des Sommerlandes Tiefe.

Und unter solchen Bäumen ruht ich aus;
In deren Wipfel wäre Tag und Nacht
Zugleich, und nicht so wie in diesem Haus,

Wo Tage manchmal öd sind wie die Nacht
Und Nächte fahl und lauernd wie der Tag.
Dort wäre Alles Leben, Glanz und Pracht.

Und aus dem Schatten in des Abendlichts
Beglückung tret ich, und ein Hauch weht hin,
Doch nirgend flüsterts: »Alles dies ist nichts.«

Das Tal wird dunkel, und wo Häuser sind,
Sind Lichter, und das Dunkel weht mich an,
Doch nicht vom Sterben spricht der nächtige Wind.

Ich gehe übern Friedhof hin und sehe
Nur Blumen sich im letzten Scheine wiegen,
Von gar nichts anderm fühl ich eine Nähe.

Und zwischen Haselsträuchern, die schon düstern,
Fließt Wasser hin, und wie ein Kind, so lausch ich
Und höre kein »Dies ist vergeblich« flüstern!

Da ziehe ich mich hurtig aus und springe
Hinein, und wie ich dann den Kopf erhebe,
Ist Mond, indes ich mit dem Bächlein ringe.

Halb heb ich mich aus der eiskalten Welle,
Und einen glatten Kieselstein ins Land
Weit schleudernd steh ich in der Mondeshelle.

Und auf das mondbeglänzte Sommerland
Fällt weit ein Schatten: dieser, der so traurig
Hier nickt, hier hinterm Kissen an der Wand?

So trüb und traurig, der halb aufrecht kauert
Vor Tag und böse in das Frühlicht starrt
Und weiß, daß auf uns beide etwas lauert?

Er, den der böse Wind in diesem März
So quält, daß er die Nächte nie sich legt,
Gekrampft die schwarzen Hände auf sein Herz?

Ach, wo ist Juli und das Sommerland!

Hugo von Hofmannsthal

SOMMERLIED

wir sind die menschen auf den wiesen
bald sind wir menschen unter den wiesen
und werden wiesen, und werden wald
das wird ein heiterer landaufenthalt.

Ernst Jandl

Der August

Nun hebt das Jahr die Sense hoch
und mäht die Sommertage wie ein Bauer.
Wer sät, muß mähen.
Und wer mäht, muß säen.
Nichts bleibt, mein Herz. Und alles ist von Dauer.

Stockrosen stehen hinterm Zaun
in ihren alten, brüchigseidnen Trachten.
Die Sonnenblumen, üppig, blond und braun,
mit Schleiern vorm Gesicht, schaun aus wie Frau'n,
die eine Reise in die Hauptstadt machten.

Wann reisten sie? Bei Tage kaum.
Stets leuchteten sie golden am Stakete.
Wann reisten sie? Vielleicht im Traum?
Nachts, als der Duft vom Lindenbaum
an ihnen abschiedssüß vorüberwehte?

In Büchern liest man groß und breit,
selbst das Unendliche sei nicht unendlich.
Man dreht und wendet Raum und Zeit.
Man ist gescheiter als gescheit, –
das Unverständliche bleibt unverständlich.

Ein Erntewagen schwankt durchs Feld.
Im Garten riecht's nach Minze und Kamille.
Man sieht die Hitze. Und man hört die Stille.
Wie klein ist heut die ganze Welt!
Wie groß und grenzenlos ist die Idylle …

Nichts bleibt, mein Herz. Bald sagt der Tag Gutnacht.
Sternschnuppen fallen dann, silbern und sacht,
ins Irgendwo, wie Tränen ohne Trauer.
Dann wünsche deinen Wunsch, doch gib gut acht!
Nichts bleibt, mein Herz. Und alles ist von Dauer.

Erich Kästner

Geh aus, mein Herz, und suche Freud

Der Sommer des Herrn

1. Sah sie mitternachts als [illegible]
[illegible] diese [illegible]
Und dass [illegible]
[illegible]
Und stets [illegible]
Sich auch [illegible]

[illegible]

2. Die [illegible]
Das Tuch [illegible]
Und [illegible]
Die [illegible]
[illegible]

3. Die [illegible]
Der Sch[illegible]
Das Sch[illegible]
Der [illegible]
Ist [illegible]
[illegible]

4. Die [illegible]
[illegible]
Mit [illegible]

1. Geh aus, mein Herz, und suche Freud
In dieser lieben Sommerzeit
An deines Gottes Gaben;
Schau an der schönen Gärten Zier
Und siehe, wie sie mir und dir
Sich ausgeschmücket haben.

2. Die Bäume stehen voller Laub,
Das Erdreich decket seinen Staub
Mit einem grünen Kleide;
Narcissus und die Tulipan,
Die ziehen sich viel schöner an
Als Salomonis Seide.

3. Die Lerche schwingt sich in die Luft,
Das Täublein fleugt aus seiner Kluft
Und macht sich in die Wälder;
Die hochbegabte Nachtigall
Ergetzt und füllt mit ihrem Schall
Berg, Hügel, Tal und Felder.

4. Die Glucke führt ihr Völklein aus,
Der Storch baut und bewohnt sein Haus,
Das Schwälblein speist die Jungen;
Der schnelle Hirsch, das leichte Reh
Ist froh und kommt aus seiner Höh
Ins tiefe Gras gesprungen.

5. Die Bächlein rauschen in dem Sand
Und malen sich und ihren Rand
Mit schattenreichen Myrten;

Die Wiesen liegen hart dabei
Und klingen ganz vom Lustgeschrei
Der Schaf und ihrer Hirten.

6. Die unverdroßne Bienenschar
Fleucht hin und her, sucht hie und dar
Ihr edle Honigspeise.
Des süßen Weinstocks starker Saft
Bringt täglich neue Stärk und Kraft
In seinem schwachen Reise.

7. Der Weizen wächset mit Gewalt,
Darüber jauchzet Jung und Alt
Und rühmt die große Güte
Des, der so überflüssig labt
Und mit so manchem Gut begabt
Das menschliche Gemüte.

8. Ich selbsten kann und mag nicht ruhn;
Des großen Gottes großes Tun
Erweckt mir alle Sinnen;
Ich singe mit, wenn alles singt,
Und lasse, was dem Höchsten klingt,
Aus meinem Herzen rinnen.

9. Ach, denk ich, bist du hier so schön
Und läßt du uns so lieblich gehn
Auf dieser armen Erden,
Was will doch wohl nach dieser Welt
Dort in dem reichen Himmelszelt
Und güldnen Schlosse werden!

10. Welch hohe Lust, welch heller Schein
Wird wohl in Christi Garten sein!
Wie muß es da wohl klingen,

Da so viel tausend Seraphim
Mit eingestimmtem Mund und Stimm
Ihr Halleluja singen!

11. O wär ich da, o stünd ich schon,
Ach, süßer Gott, vor deinem Thron
Und trüge meine Palmen,
So wollt ich nach der Engel Weis
Erhöhen deines Namens Preis
Mit tausend schönen Psalmen!

12. Doch gleichwohl will ich, weil ich noch
Hier trage dieses Leibes Joch,
Auch nicht gar stille schweigen;
Mein Herze soll sich fort und fort
An diesem und an allem Ort
Zu deinem Lobe neigen.

13. Hilf mir und segne meinen Geist
Mit Segen, der vom Himmel fleußt,
Daß ich dir stetig blühe!
Gib, daß der Sommer deiner Gnad
In meiner Seelen früh und spat
Viel Glaubensfrücht erziehe!

14. Mach in mir deinem Geiste Raum,
Daß ich dir werd ein guter Baum,
Und laß mich wohl bekleiben;
Verleihe, daß zu deinem Ruhm
Ich deines Gartens schöne Blum
Und Pflanze möge bleiben!

15. Erwähle mich zum Paradeis
Und laß mich bis zur letzten Reis
An Leib und Seele grünen;

So will ich dir und deiner Ehr
Allein und sonsten keinem mehr
Hier und dort ewig dienen.

Paul Gerhardt

Die beste Zeit im Jahr ist mein

Die beste Zeit im Jahr ist mein,
da singen alle Vögelein.
Himmel und Erde ist der voll,
viel gut Gesang da lautet wohl.

Voran die liebe Nachtigall
macht alles fröhlich überall
mit ihrem lieblichen Gesang,
des muß sie haben immer Dank.

Viel mehr der liebe Herre Gott,
der sie also geschaffen hat,
zu sein ein rechte Sängerin,
der Musica ein Meisterin.

Dem singt und springt sie Tag und Nacht,
seins Lobes sie nichts müde macht:
den ehrt und lobt auch mein Gesang
und sagt ihm einen ewgen Dank.

Martin Luther

Fronleichnamsprozession

O weites Land des Sommers und der Winde,
Der reinen Wolken, die dem Wind sich bieten.
Wo goldener Weizen reift und die Gebinde
Des gelben Roggens trocknen in den Mieten.

Die Erde dämmert von den Düften allen,
Von grünen Winden und des Mohnes Farben,
Des schwere Köpfe auf den Stielen fallen
Und weithin brennen aus den hohen Garben.

Des Feldwegs Brücke steigt im halben Bogen,
Wo helle Wellen weiße Kiesel feuchten.
Die Wassergräser werden fortgezogen,
Die in der Sonne aus dem Bache leuchten.

Die Brücke schwankt herauf die erste Fahne.
Sie flammt von Gold und Rot. Die Seidenquasten
Zu beiden Seiten halten Kastellane
Im alten Chorrock, dem von Staub verblaßten.

Man hört Gesang. Die jungen Priester kommen.
Barhäuptig gehen sie vor den Prälaten.
Zu Flöten schallt der Meßgesang. Die frommen
Und alten Lieder wandern durch die Saaten.

In weißen Kleidchen kommen Kinder singend.
Sie tragen kleine Kränze in den Haaren.
Und Knaben, runde Weihrauchkessel schwingend,
Im Spitzenrock und roten Festtalaren.

Die Kirchenbilder kommen auf Altären.
Mariens Wunden brennen hell im Licht.
Und Christus naht, von Blumen bunt, die wehren
Die Sonne von dem gelben Holzgesicht.

Im Baldachine glänzt des Bischofs Krone.
Er schreitet singend mit dem heiligen Schrein.
Der hohe Stimmenschall der Diakone
Fliegt weit hinaus durch Land und Felderreihn.

Der Truhen Glanz weht um die alte Tracht.
Die Kessel dampfen, drin die Kräuter kohlen.
Sie ziehen durch der weiten Felder Pracht,
Und matter glänzen die vergilbten Stolen.

Der Zug wird kleiner. Der Gesang verhallt.
Sie ziehn dahin, dem grünen Wald entgegen.
Er tut sich auf. Der Glanz verzieht im Wald,
Wo goldne Stille träumt auf dunklen Wegen.

Der Mittag kommt. Es schläft das weite Land,
Die tiefen Wege, wo die Schwalbe schweift,
Und eine Mühle steht am Himmelsrand,
Die ewig nach den weißen Wolken greift.

Georg Heym

Geistliches Lied

Zeichen, seltne Stickerein
Malt ein flatternd Blumenbeet.
Gottes blauer Odem weht
In den Gartensaal herein,
Heiter ein.
Ragt ein Kreuz im wilden Wein.

Hör' im Dorf sich viele freun,
Gärtner an der Mauer mäht,
Leise eine Orgel geht,
Mischet Klang und goldenen Schein,
Klang und Schein.
Liebe segnet Brot und Wein.

Mädchen kommen auch herein
Und der Hahn zum letzten kräht.
Sacht ein morsches Gitter geht
Und in Rosen Kranz und Reihn,
Rosenreihn
Ruht Maria weiß und fein.

Bettler dort am alten Stein
Scheint verstorben im Gebet,
Sanft ein Hirt vom Hügel geht
Und ein Engel singt im Hain,
Nah im Hain
Kinder in den Schlaf hinein.

Georg Trakl

Glück

Sonntagsruhe, Dorfesstille,
Kind und Knecht und Magd sind aus,
Unterm Herde nur die Grille
Musizieret durch das Haus.

Tür und Fenster blieben offen,
Denn es schweigen Luft und Wind,
In uns schweigen Wunsch und Hoffen,
Weil wir ganz im Glücke sind.

Felder rings – ein Gottessegen
Hügel auf- und niederwärts,
Und auf stillen Gnadenwegen
Stieg auch uns er in das Herz.

Theodor Fontane

Dorfkirche im Sommer

Schläfrig sing der Küster vor,
Schläfrig singt auch die Gemeinde.
Auf der Kanzel der Pastor
Betet still für seine Feinde.

Dann die Predigt, wunderbar,
Eine Predigt ohnegleichen.
Die Baronin weint sogar
Im Gestühl, dem wappenreichen.

Amen, Segen, Türen weit,
Orgelton und letzter Psalter.
Durch die Sommerherrlichkeit
Schwirren Schwalben, flattern Falter.

Detlev von Liliencron

Juni

Im heißen Hauch mondsilbergrün
die Wiese wehet her und hin.
Goldamselruf, Hornissenton,
den Wald bekrönt die Sommerkron.
Mit seiner Sens' Sankt Barnabas
rückt an und schneidet ab das Gras
im Dengeltakt und Mäherschritt.
Und alls, was Hände hat, tut mit.
Jetzt regne nur nicht, heiliger Veit,
bis uns das Heu im Stadel leit
und Peter-Paul, gestellt ans End,
die Deichsel gegen Juli wendt.

Josef Weinheber

Juli

Kornblume blau, Mohn flammig rot:
Im Mittag rauscht das heilige Brot.
Die Linde schneit, die Wachtel schlägt,
der Bauer bang das Wetter wägt.
Die erste Birn bricht Margaret,
drauf überall die Ernt angeht.
Im Schatten steht der Schnitterkrug,
die Magd geht mit dem Ochsenzug.
Der starke Leib, die schwere Fracht:
Im fernen Land ein Donner kracht.
Mög uns der Himmel gnädig sein –
Sankt Jakob, Dank! Das Korn fährt ein.

Josef Weinheber

Das Wetter prallt ins offne Land

Gewitter und Regen

Das Ungewitter
in der Nacht vom 31ten August 1761

Er kommt, der Sturmwind heult ihn anzusagen,
Verhüllt in dicker Mitternacht,
Und auf dreitausend Feuerwagen
Zu uns herabgebracht!

Izt ist er da; der Herr des Weltgebäudes!
Hört ihn! sein Donner rollet schwer;
Der Umfang seines Wolkenkleides
Blitzt Schrecken auf uns her.

Welch ein Geprassel! kommen seine Krieger
Mit ihm dahergefahren, so,
Wie zu der Schlacht, da vor dem Sieger
Das Höllenheer entfloh?

Izt stürzen ganze Ströme Kugeln nieder;
Gott schlägt den Weinstock, schlägt die Frucht
Des Baums, der wankend seine Glieder,
Zerrißne Äste, sucht.

Der Hagel rauscht und weckt die Trunkenbolde,
Sie fahren auf, und stammeln: Gott!
Der Wuchrer zittert auf dem Golde;
Dem Freigeist wird sein Spott

Von fürchterlichen Rednern widersprochen;
Gott sagt im Donner, wer er sei!
Und fährt an Sündern, ungerochen,
Im Brausen stark vorbei!

Gib acht, Berlin! sein Zorn setzt, dir zu drohen,
Ein Dorf mit Blitzen in den Brand!
Glut warf er nieder; nackend flohen,
Ihr Leben in der Hand

Behaltend, aus den Hütten die Bewohner;
Ihr Kleid, ihr Brot wird aufgezehrt:
Und dich, dich findet der Verschoner
Noch seiner Nachsicht wert.

O! unter den von Stroh geflochtnen Dächern,
Wohnt minder Bosheit, als in dir!
Sagts, ihr Paläste! den Verbrechern:
Gott war im Wetter hier!

Da bebten unsre Wände; unsre Riegel,
Von Erz gegossen, sprangen los;
Sag es, erschrockne Spree, und ihr, ihr Hügel!
Auf die er Feuer goß.

Sagts, ihr vom Sturm zerrißne hohe Fichten!
Ihr Eichen! sagts der Königsstadt;
Daß, seinen Willen auszurichten,
Der Blitz Befehle hat.

Gott zieht die Hand voll Keile schnell zurücke;
Ihm muß der Sturm gehorchend stehn;
Er heißt den Krieg mit einem Blicke
Fort, wie das Wetter gehn!

Anna Louisa Karschin

Zur Erntezeit

Das ist die üppige Sommerzeit,
Wo alles so schweigend blüht und glüht,
Des Juli stolzierende Herrlichkeit
Langsam das schimmernde Land durchzieht.

Ich hör' ein heimliches Dröhnen gehn
Fern in der Gebirge dämmerndem Blau,
Die Schnitter so stumm an der Arbeit stehn,
Sie schneiden die Sorge auf brennender Au.

Sie sehnen sich nach Gewitternacht,
Nach Sturm und Regen und Donnerschlag,
Nach einer wogenden Freiheitsschlacht
Und einem entscheidenden Völkertag!

Gottfried Keller

Gewitterabend

Es dämmert und dämmert den See herab,
Die Wasser sind gar so dunkel;
Doch wenn ob den Bergen der Blitzstrahl zuckt,
Was ist das für ein Gefunkel!

Dann tun dem Schiffer die Augen weh,
Er sputet sich ängstlich zu Lande,
Wo gaffend der Feierabend steht
Am grell erleuchteten Strande.

Die Leute freuen und fürchten sich
Und wünschen ein gutes Ende
Und daß der Herr kein Hagelgericht
In ihren Krautgarten sende.

Jetzt zischt der Strahl in die laue Flut,
Rings spannen sich feurige Ketten;
Der blöde Haufen ergreift die Flucht,
Sie verkriechen sich in die Betten.

Wenn Gott einen guten Gedanken hat,
Dann raunt man: es wetterleuchtet!
Pass' auf, Gesindel, daß nicht einmal
Er in die Wirtschaft dir leuchtet!

Gottfried Keller

Vor dem Gewitter

Die Schwalbe peitscht die Wege.
Noch ist der Himmel frei.
Schon hör ich dumpfe Schläge.
Im Mühlgrund knarrt die Säge.
Vom Feld der Wachtel Schrei.

Die schwarzen Wolkenberge
reißt jäh ein Blitz entzwei.
Weiß nicht, wo ich mich berge.
Die Stuben dumpf wie Särge.
Herr, steh mir bei!

Richard Billinger

Gang im Gewitter

Die Sonne sticht durch Tann und Laub.
Der Schatten schwelt wie brauner Staub.
Heiß knistert Harz und Rinde.
Die Farne starrn wie Blinde.
Die Mücke sirrt, die Unke klirrt.
Rotwürger tief am Boden schwirrt –
Nach Haus!

Glühweiß der See wie heißes Blei,
Vom Tümpel dünstet Algenbrei –
Die Häher kreischen bange.
Ein Bussard jammert lange.
Die Berge wachsen traumesnah.
Die Bäume stehn wie Mörder da –
Nach Haus!!

Schon Sturmes Stöße kalt und schwarz.
Zu Häupten orgelt Baumgeknarz.
Die Wiese rillt ein rascher Kamm.
Grellgelb im West ein Wetterflamm!
Jetzt brüllt und schmettert Nachtgetös.
Daß uns ein Wort vom Tod erlös:
Nach Haus – !

Das Wetter prallt ins offne Land.
Aus Wolken bricht's wie fahler Sand.
Die Kühle weht vom nassen Kraut.
Der Nebel braut. Der Wind verflaut.
Heusüße raucht aus Stadeln auf.
Der Regen singt im Dachgetrauf –
Zu Haus.

Carl Zuckmayer

Die Mittagssonne brütet auf der Heide,
Im Süden droht ein schwarzer Ring.
Verdurstet hängt das magere Getreide,
Behaglich treibt ein Schmetterling.

Ermattet ruhn der Hirt und seine Schafe,
Die Ente träumt im Binsenkraut.
Die Ringelnatter sonnt in trägem Schlafe
Unregbar ihre Tigerhaut.

Im Zickzack zuckt ein Blitz, und Wasserfluten
Entstürzen gierig dunklem Zelt.
Es jauchzt der Sturm und peitscht mit seinen Ruten
Erlösend meine Heidewelt.

Detlev von Liliencron

Lied der Bauren beim Regen

Da sehn wirs wieder hell und klar,
Daß Gott uns nie vergißt
Und jede Zeit und Stund im Jahr
Der beste Vater ist.
Da gießt nach langem Sonnenbrand
Sein Regen sich aufs dürre Land.

Du lieber Gott, wie traurig sahs
Bei uns auf Wies und Feld!
Verdorrt war Korn und Laub und Gras
Und von der Hitz entstellt;
Matt schlich das Vieh zur Weid hinaus
Und kehrte hungriger nach Haus.

Die welken Ähren neigten sich,
Und gelblich ward ihr Grün;
Der zarte Flachs schwand sichtbarlich
Vor unsern Augen hin;
Die Trespe nur und Distel stand
Und wuchert' im erhitzten Land.

Da stunden wir, vom Schweiß benäßt,
Der von der Stirn uns rann,
Das Herz von Sorgen eingepreßt,
Und sahn den Jammer an
Und seufzten: Ach, du lieber Gott,
Wer gibt uns auf den Winter Brot?

Da schmolz – hab ewig Dank dafür! –
Dein milder Vatersinn;
Da sahn am fernen Himmel wir

Gewölk wie Schäfchen ziehn,
Und immer kams in raschrem Lauf
Und schwärzlicher zu uns herauf.

Da sank, in Dunkel eingehüllt,
Die Sonn am Wald hinab,
Und Regen rauschte kühl und mild
Aufs dürre Feld herab.
Nun freuet alles dankbarlich
Des neugeschenkten Lebens sich.

Wie frisch erhebt der Halm sein Haupt,
Wie prankt der Flachs so blau!
Wie steht der Baum so neubelaubt
Und glänzendgrün die Au!
Und welch ein übersüßer Duft
Füllt ringsumher die kühle Luft.

Das alles hast du, guter Gott,
In kurzer Zeit getan.
Wo ist sie nun, die Hungersnot,
Der wir entgegensahn?
Drum laß uns immer dir vertraun
Und nie so ängstlich vorwärtsschaun!

Johann Martin Miller

Lied der Bauern an den Regen, vor Johannis

Schwirre, lieber Regen!
Schwirr uns Gottes Segen.
Träufle nieder lind und warm,
Bring' uns Brot, wir sind nur arm.

Herrn in Samt und Seide
Machst du wenig Freude;
Schelten nur und schmälen baß;
Wird Manschett' und Locke naß.

Und für ihre Weiber
Bist du Freudenräuber;
Bang' um Flor und Flitterschuh
Sehn sie dir am Fenster zu.

Nur wir armen Leute
Stehn und jauchzen heute,
Daß du endlich wiederkömmst,
Feld und Garten überschwemmst.

Ha, wie wird's gedeihen,
Was wir einzustreuen
Unsrer Flur, zur Frühlingszeit,
Mühe nicht noch Fleiß gescheut;

Ha! wie sich erfrischen
In des Hain's Gebüschen,
Wo von deinem Naß beträuft,
Erd- und Heidelbeere reift.

Selbst die Wachteln locken
Im erquickten Rocken;
Selbst die Schwalbe jubelt, horch!
Hahn und Henne, Spatz und Storch.

Drum, du lieber Regen,
Jubelt dir entgegen
Groß und Klein, wird gerne naß;
Denn du füllst uns Scheun' und Faß.

Friedrich Wilhelm August Schmidt von Werneuchen

Vor dem Sommerregen

Auf einmal ist aus allem Grün im Park
man weiß nicht was, ein Etwas, fortgenommen;
man fühlt ihn näher an die Fenster kommen
und schweigsam sein. Inständig nur und stark

ertönt aus dem Gehölz der Regenpfeifer,
man denkt an einen Hieronymus:
so sehr steigt irgend Einsamkeit und Eifer
aus dieser einen Stimme, die der Guß

erhören wird. Des Saales Wände sind
mit ihren Bildern von uns fortgetreten,
als dürften sie nicht hören was wir sagen.

Es spiegeln die verblichenen Tapeten
das ungewisse Licht von Nachmittagen,
in denen man sich fürchtete als Kind.

Rainer Maria Rilke

Verregneter Sommer

Morgen für morgen blickst du ins land ob die kuppeln
der kirchtürme
nicht abfalln wie im garten die rosen die sich
nie öffneten

Die prozession entlang den überschwemmten wiesen
trägt
einen baldachin aus schirmen

Schwieriger wird's von tag zu tag, gott
durch den regen zu bringen

Reiner Kunze

Sommerregen

Als würde in der Dürre er verharren
Leblos und welkte in sich selbst hinein,
So stand der Wald, und in der Glut, der starren,
Erbleichte glühend auf dem Weg der Stein.

Es war ein weiter unsichtbarer Brand.
Die Luft rings stockte von versengtem Blühn.
Schon fiel der Schatten einer Wolkenwand.
Die Blätter flackerten, ein irres Grün.

Noch regenlos. Wie eine Atempause.
Da fegte er heran, ein schräger Strich,
Er schüttete sich aus wie eine Brause,
Und im Gewirr der Bäume hängte sich

Der Regen fest, bis er sich niederließ
In vielen kleinen Regen, sprühend feinen.
Es dufteten die Kräuter, Holz und Kies,
Um sich in ihrem Dufte zu vereinen.

Johannes R. Becher

Sommerregen

Glühend unter hellen Regenschwärmen
lauf ich in den Glanz der blanken Welt,
wenn Musik aus allen Traufen fällt
und im Laub die nassen Spatzen lärmen.

Alles hat mich lieb: die flinken Tropfen
küssen mir die Wangen, Stirn und Mund,
und die Pfützen blicken froh und rund,
triefend kämmt am Zaun mich wilder Hopfen.

Sind die feuchten Wolken fortgeflogen,
schwenkt sein Tüchlein mir der goldne Wind,
daß ich trockne. So wie einst als Kind
staun ich unterm bunten Himmelsbogen.

Christine Busta

Es war dieser merkwürdige Sommer

Es war dieser merkwürdige Sommer
tropische Gewittergüsse und Demonstrationen
fanden fast täglich statt, die Felder
lagen platt riesige Nester ich ging zwischen offenen Türen
in meiner Küche
waren Teller getürmt widerstrebend
wusch ich sie ab bösartige Reden
fremder Radiostationen im Ohr, besser
gefiel es mir draußen in diesem Stadtteil
liegen mehrere Wasserbecken vierundzwanzig Fontänen
eine kleine Wasserkunst, in anderen Städten
mögen die Brunnen gewaltiger sein sich drehen
und leuchten, die hier
hüpfen und kommen nicht recht vom Fleck, keine
weitverzweigten Bäume aus Glas eher Büsche
winzige Wasserherzen auf rußigen Straßen
es gab sie erst wenige Stunden, die Arbeiter
ebneten noch den Boden wo sie das Stadtnetz
angebohrt hatten Mädchen begannen Petunien zu pflanzen
für diesen Sommer der verregnet und halb gegangen war

Sarah Kirsch

Es wallt das Korn weit in die Runde

Feld und Ernte

[illegible] durch die [illegible]
[illegible] ihr Hauch,
[illegible] unmerklich bewegt [illegible]
[illegible] andre auch.

[illegible] als ahnten sie [illegible]
[illegible] nicht Schau[illegible]
[illegible] unten und [illegible]
[illegible]

[illegible]

Vor der Ernte

Nun störet die Ähren im Felde
Ein leiser Hauch,
Wenn eine sich beugt, so bebet
Die andre auch.

Es ist, als ahnten sie alle
Der Sichel Schnitt –
Die Blumen und fremden Halme
Erzittern mit.

Martin Greif

Solche Düfte sind mein Leben,
Die verscheuchen all mein Leid:
Blühen auf dem Berg die Reben,
Blüht im Tale das Getreid.

Donnern werden bald die Tennen,
Bald die Mühlen rauschend gehn,
Und wenn die sich müde rennen,
Werden sich die Keltern drehn.

Gute Wirtin vieler Zecher!
So gefällt mir's, flink und frisch;
Kommst du mit dem Wein im Becher,
Liegt das Brot schon auf dem Tisch.

Ludwig Uhland

Vor der Ernte

An wolkenreinem Himmel geht
Die blanke Sichel schön,
Im Korne drunter wogt und weht
Und rauscht und wühlt der Föhn.

Sie wandert voller Melodie
Hochüber durch das Land,
Früh morgen schwingt die Schnittrin sie
Mit sonnenbrauner Hand.

Conrad Ferdinand Meyer

Schnitterlied

Wir schnitten die Saaten, wir Buben und Dirnen,
Mit nackenden Armen und triefenden Stirnen,
Von donnernden dunkeln Gewittern bedroht –
Gerettet das Korn! Und nicht Einer, der darbe!
Von Garbe zu Garbe
Ist Raum für den Tod –
Wie schwellen die Lippen des Lebens so rot!

Hoch thronet ihr Schönen auf güldenen Sitzen,
In strotzenden Garben umflimmert von Blitzen –
Nicht Eine, die darbe! Wir bringen das Brot!
Zum Reigen! Zum Tanze! Zur tosenden Runde!
Von Munde zu Munde
Ist Raum für den Tod –
Wie schwellen die Lippen des Lebens so rot!

Conrad Ferdinand Meyer

Sommernacht

Es wallt das Korn weit in die Runde
Und wie ein Meer dehnt es sich aus;
Doch liegt auf seinem stillen Grunde
Nicht Seegewürm noch andrer Graus;
Da träumen Blumen nur von Kränzen
Und trinken der Gestirne Schein,
O goldnes Meer, dein friedlich Glänzen
Saugt meine Seele gierig ein!

In meiner Heimat grünen Talen,
Da herrscht ein alter schöner Brauch:
Wann hell die Sommersterne strahlen,
Der Glühwurm schimmert durch den Strauch,
Dann geht ein Flüstern und ein Winken,
Das sich dem Ährenfelde naht,
Da geht ein nächtlich Silberblinken
Von Sicheln durch die goldne Saat.

Das sind die Burschen jung und wacker,
Die sammeln sich im Feld zuhauf
Und suchen den gereiften Acker
Der Witwe oder Waise auf,
Die keines Vaters, keiner Brüder
Und keines Knechtes Hilfe weiß –
Ihr schneiden sie den Segen nieder,
Die reinste Lust ziert ihren Fleiß.

Schon sind die Garben festgebunden
Und rasch in einen Ring gebracht;
Wie lieblich flohn die kurzen Stunden,
Es war ein Spiel in kühler Nacht!

Nun wird geschwärmt und hell gesungen
Im Garbenkreis, bis Morgenluft
Die nimmermüden braunen Jungen
Zur eignen schweren Arbeit ruft.

Gottfried Keller

Schnitterlied

Es zirpten Grillen und Heimen,
Von grünen Sträuchen und Bäumen,
Floß Abendkühle herab,
Als, hinter Garben von Weitzen,
Ein wahrer Engel an Reizen
Dies Pfand der Liebe mir gab.

Sie sprach, mit fröhlichem Muthe,
Trag diese Blumen am Hute,
Und dieses goldene Band,
Und gab die Blumen und Flittern,
An meinem Hute zu zittern,
In meine wartende Hand.

Die Blumen hab' ich getragen,
Seit vierzehn glücklichen Tagen,
Und diese schwanden so schnell.
Ihr Bänder, sah ich euch schweben,
Begann das Herz mir zu beben,
Ward meine Seele so hell.

Ha! Morgen bringen wir Leute,
Geschmückt wie Freyer und Bräute,
Der Erndte flitternden Kranz.
Dann tönen helle Schalmeyen
Durch unsre ländlichen Reihen,
Dann schwing ich Liebchen im Tanz!

Ludwig Christoph Heinrich Hölty

Auf Goldgrund

Ins Museum bin zu später
Stunde heut ich noch gegangen,
Wo die Heil'gen, wo die Beter
Auf den goldnen Gründen prangen.

Dann durchs Feld bin ich geschritten
Heißer Abendglut entgegen,
Sah, die heut das Korn geschnitten,
Garben auf die Wagen legen.

Um die Lasten in den Armen,
Um den Schnitter und die Garbe
Floß der Abendglut, der warmen,
Wunderbare Goldesfarbe.

Auch des Tages letzte Bürde,
Auch der Fleiß der Feierstunde
War umflammt von heil'ger Würde,
Stand auf schimmernd goldnem Grunde.

Conrad Ferdinand Meyer

Die Schnitter

Weißt du
den Pfad? Am Sandloch.
Es stand da Wacholder.
Und die Birke. Im Ufersturz
hing das Gehöft.

Lockruf der Schnitter,
die kamen
singend, zitternden Jahrs
Joch im Nacken, in breiten
Händen dumpfige Zeit.

Mädchen
von jenseits waldiger
Grenze, dein Lied wie ein Grundfisch
blind, da wir wachten die Nacht
um ein Gewitter. Der Ahn
kam mit langem Gered
von eigener Jugend.

In der Frühe fielen
Dohlen aus ihren nassen
Kiefernbäumen. Darunter
grau zueinander
sanken die Gräbersteine.
Spinne
wob ihr Geflecht ins Tor.

Lauschen dem Grillengetön,
silbernem – so kamen Abende. –
Hell
in die Brust der Pfeil
stieß uns des Tags.

Johannes Bobrowski

Ich sehe dich das Fenster schließen

Zwischen Nicht-mehr-Sommer und Noch-nicht-Herbst

Der Sommer

Noch ist die Zeit des Jahrs zu sehn, und die Gefilde
Des Sommers stehn in ihrem Glanz, in ihrer Milde;
Des Feldes Grün ist prächtig ausgebreitet,
Allwo der Bach hinab mit Wellen gleitet.

So zieht der Tag hinaus durch Berg und Tale,
Mit seiner Unaufhaltsamkeit und seinem Strahle,
Und Wolken ziehn in Ruh, in hohen Räumen,
Es scheint das Jahr mit Herrlichkeit zu säumen.

Mit Untertänigkeit
Scardanelli.

Friedrich Hölderlin

Sommerbild

Ich sah des Sommers letzte Rose steh'n,
Sie war, als ob sie bluten könne, roth;
Da sprach ich schauernd im Vorübergeh'n:
So weit im Leben, ist zu nah' am Tod!

Es regte sich kein Hauch am heißen Tag,
Nur leise strich ein weißer Schmetterling;
Doch, ob auch kaum die Luft sein Flügelschlag
Bewegte, sie empfand es und verging.

Friedrich Hebbel

Autumnus

Wannsee vom Wasser aus

Der Schwäne Schneeweiß. Glanz der blauen Flut.
Des breiten Strandes Gelb, der flach verläuft.
Gelärm der Badenden und Freude laut
Der braunen schlanken Leiber, die mit Zweigen
Sich peitschen blankes Wasser auf das Haupt.
Dort aufwärts steigt der Wald in blauen Farben
Des Nachmittags. Sein breites grünes Haupt
Ist sanft gerundet in den blassen Himmel,
Der zitternd ausstreut frühen Herbstes Licht.

Weit an dem Stromtal zieht das Hügelland
Sich fern hinab, mit bunten Wäldern voll
Und voll von Sonne, bis es hinten weit
Verschwimmend tief in blaue Schatten taucht.

Georg Heym

Die Rosen im Garten

Die Rosen im Garten blühn zum zweiten Mal. Täglich
schießen sie in dicken Bündeln
In die Sonne. Aber die schwelgerische Zartheit ist dahin,
Mit der ihr erstes Blühen sich im Hof des weiß und roten
Sternenfeuers wiegte.
Sie springen gieriger, wie aus aufgerissenen Adern
strömend,
Über das heftig aufgeschwellte Fleisch der Blätter.
Ihr wildes Blühen ist wie Todesröcheln,
Das der vergehende Sommer in das ungewisse Licht des
Herbstes trägt.

Ernst Stadler

Sommersneige

Der grüne Sommer ist so leise
Geworden, dein kristallenes Antlitz.
Am Abendweiher starben die Blumen,
Ein erschrockener Amselruf.

Vergebliche Hoffnung des Lebens. Schon rüstet
Zur Reise sich die Schwalbe im Haus
Und die Sonne versinkt am Hügel;
Schon winkt zur Sternenreise die Nacht.

Stille der Dörfer; es tönen rings
Die verlassenen Wälder. Herz,
Neige dich nun liebender
Über die ruhige Schläferin.

Der grüne Sommer ist so leise
Geworden und es läutet der Schritt
Des Fremdlings durch die silberne Nacht.
Gedächte ein blaues Wild seines Pfads,

Des Wohllauts seiner geistlichen Jahre!

Georg Trakl

Ein einunddreissigster August

Das war der letzte leuchtende August;
Der Sommer gipfelte in diesem Tage.
Und Glück erklang wie eine Seegrundsage
In den Vinetatiefen unsrer Brust.

Ein leises fernes Läuten kam gegangen –
Und welche wollten selbst die Türme sehn,
In denen unsres Glückes Glocken schwangen:
So klar ließ Flut und Himmel sie verstehn.

Der Tag versank. Mit ihm Vinetas Stunde.
Septembrisch ward die Welt, das Herz, das Glück.
Ein Rausch nur wie von Tönen blieb zurück
Und schwärmt noch über dem verschwiegnen Grunde.

Christian Morgenstern

Testament des Sommers

Mach mich schön, spricht Sommertag.
Ehe ich verscheide,
Streue als den letzten Putz
Rose ihre Seide.

Meines Leichenhemdes Naht
Nähe dünner Faden.
Seidenraupe müßtest du
Ihn zu spinnen laden.

Lösen mich die Lüfte auf,
Soll es niemand klagen,
Unbekannten Dichter laß
Ein paar Verse sagen.

Wilhelm Lehmann

Sommers Scheiden

Wie aufgesogen ist die Schwüle
Des Sommers, und den Bergwald streift
Ein Wind herab, darin die Kühle
Des Herbstes uns entgegenreift.

Es ist ein goldenes Zerfließen,
Die Wolken treiben wirr davon.
Ich sehe dich das Fenster schließen,
Und du sagst: »Sieh, es dunkelt schon.«

Laßt uns den Sommer heimgeleiten
Und wünschen, daß er sanft vergeh.
Wir sprechen von den Winterzeiten,
Es glänzt in uns der erste Schnee.

Der Sommer schläft im Speicher oben,
In dem Gebälk versteckt er sich.
Gut ist der Sommer aufgehoben.
Dort bleibt es warm und sommerlich.

Johannes R. Becher

Kalenderblatt

Die Vögel branden an den Türmen,
ein aufgeschrecktes Wanderheer.
Die Äquinoktien bestürmen
das sommerlich entschlafne Meer.

Doch oberhalb der trüben Schwaden,
um Gottes roten Wolkenthron
stehn die verklärten Kameraden
von der Thebäischen Legion.

Daneben kniet im weißen Linnen
der jungfräulichen Tunika
die früheste der Martyrinnen,
Sankt Thekla von Isauria.

Und dennoch scheidet sich vom Zeichen
der Jungfernschaft die Sonne hier,
und da sich Nacht und Tag vergleichen,
wählt sie die Waage zum Quartier.

Dies ist der Zeiten große Wende.
Die Schalen ruhn im Gleichgewicht.
Noch einmal atmet das Gelände
im süßen sommerfarbnen Licht.

Schon aber macht am goldnen Tage
die Sonne sich zum Fall bereit,
gehorsam dem Gesetz der Waage:
der milden Unerbittlichkeit.

Erwarte nichts. Die sanften Stunden,
verspätete, nimm als Geschenk.
Gib reichlich jedem Vagabunden
und sei des Gebenden gedenk.

Die bunten Drachen wollen steigen,
zur nahen Lese drängt der Wein.
Auch werden an verfärbten Zweigen
die gelben Birnen zeitig sein.

Die Hirsche heben an zu röhren,
der Winterkohl wird ausgesät,
und aus den grauen Nebelflören
erwächst der Morgen kühl und spät.

Die schwarzen Hollerbeeren sieden,
der Pilze Trockenzeit begann.
Bedenke dich, mach deinen Frieden
und schick dich auf den Winter an.

Werner Bergengruen

Herbsttag

Herr: es ist Zeit. Der Sommer war sehr groß.
Leg deinen Schatten auf die Sonnenuhren,
und auf den Fluren laß die Winde los.

Befiehl den letzten Früchten voll zu sein;
gieb ihnen noch zwei südlichere Tage,
dränge sie zur Vollendung hin und jage
die letzte Süße in den schweren Wein.

Wer jetzt kein Haus hat, baut sich keines mehr.
Wer jetzt allein ist, wird es lange bleiben,
wird wachen, lesen, lange Briefe schreiben
und wird in den Alleen hin und her
unruhig wandern, wenn die Blätter treiben.

Rainer Maria Rilke

Alphabetisches Verzeichnis der Autoren, Gedichte und Quellen

Ludwig Christoph Heinrich Hölty (1748–1776)
Schnitterlied 173
Aus: L. C. H. Hölty, Gedichte. Erste vollständige Ausgabe. Leipzig 1869.

Peter Huchel (1903–1981)
Sommer 44
Aus: P. Huchel, Die Sternenreuse. Gedichte 1925–1947. München 1967. © Piper Verlag GmbH, München 1967.

Ernst Jandl (1925–2000)
sommerlied 127
Aus: E. Jandl, poetische werke. Hrsg. von Klaus Siblewski. Band 5: dingfest & verstreute gedichte 4. © Luchterhand Literaturverlag GmbH, München.

Wilhelm Jensen (1837–1911)
Ganz still; es liegt der Mittagsschein 115
Aus: W. Jensen, Ausgewählte Gedichte. Leipzig 1912.

Bernd Jentzsch (geb. 1940)
Sommer 106
Aus: B. Jentzsch, Quartiermachen. Gedichte. München 1978. © Bernd Jentzsch.

Heinz Kahlau (geb. 1931)
Am Schwielowsee 24
August in Bukarest 26
Sparverein hat Sommerfest 91
Aus: H. Kahlau, Bögen. Ausgewählte Gedichte 1950–1980. Auswahl: Ursula Emmerich. Berlin und Weimar 1981. © Aufbau-Verlag GmbH, Berlin.

Anna Louisa Karschin (1722–1791)
Das Ungewitter in der Nacht vom 31ten August 1761 147
Aus: A. L. Karschin, O, mir entwischt nicht, was die Menschen fühlen. Gedichte und Briefe. Hrsg. von Gerhard Wolf. Berlin 1981.

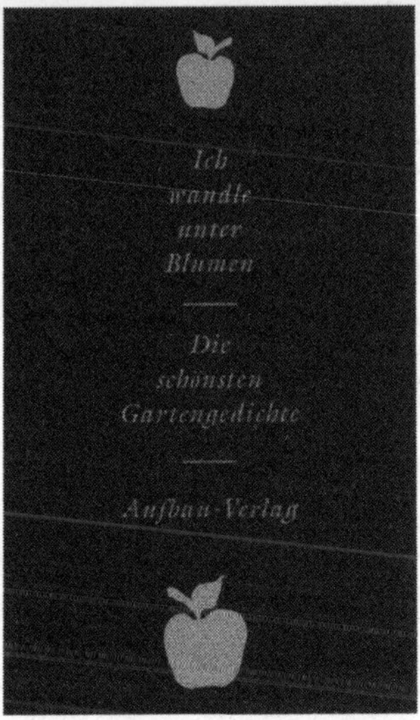

Ich wandle unter Blumen

Die schönsten Gartengedichte

Herausgegeben und mit einem Nachwort von Klaus Seehafer

176 Seiten
Englische Broschur
ISBN 3-351-02908-X

Aus einer unübersehbaren Fülle von Gartengedichten hat Klaus Seehafer die schönsten, die eingängigsten und überraschendsten ausgewählt. Die Sammlung reicht von Walther von der Vogelweides Mahnung zum Hegen und Pflegen aller gutgewachsenen Kräuter bis zu Eva Strittmatters übermütigem Lob des Überflusses:
»Neunundsiebzig Rosensträucher
Habe ich in meinem Garten.«
Zur Zier, zum Nutzen und zu tiefer persönlicher Erfüllung sind Garten wie Gedicht angelegt.

»Welcher Reichtum an Sprache, Empfindung und verinnerlichter Individualität.«

Landsicht

Aufbau-Verlag

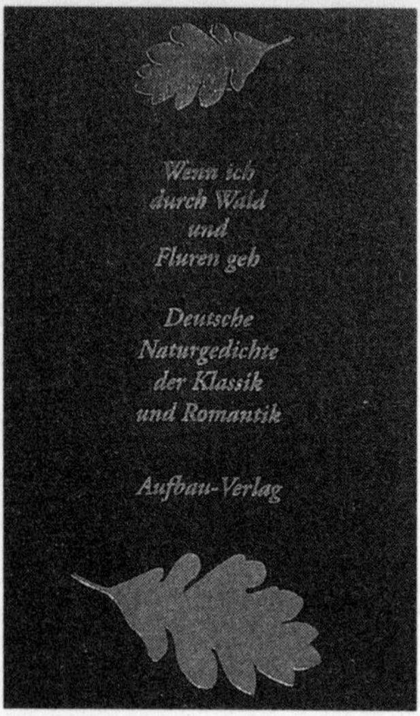

Wenn ich durch Wald und Fluren geh

Deutsche Naturgedichte der Klassik und Romantik

Herausgegeben und mit einem Nachwort von Klaus Seehafer

176 Seiten
Englische Broschur
ISBN 3-351-02880-6

Manche dieser Gedichte sind Volkslieder geworden, wie etwa »Alle Vögel sind schon da« von Hoffmann von Fallersleben oder Wilhelm Müllers »Am Brunnen vor dem Tore«. Doch selbst bei den bekannten Dichtern der Klassik und Romantik gibt es eine Fülle von Wiederentdeckungen zu machen. In einer Zeit, da wir das Bedrohte unserer Umwelt schärfer, das Bewahrte dankbarer wahrnehmen, erinnern uns die schönsten Naturgedichte des 18. und 19. Jahrhunderts daran, daß in der hingegebenen, ganz und gar »unnützen« Betrachtung der Natur ein besonderer Zauber liegt.

Klaus Seehafer, ausgewiesener Kenner der klassischen Literatur, hat diesen Band zusammengestellt aus Gedichten von Hölderlin, Goethe, Novalis, Brentano, Eichendorff, Heine u.v.m.

Aufbau-Verlag